『西湖传说』系列丛书

『西湖传说』

故事集成

物产卷

杭州图书馆 编

西泠印社出版社

序

PREFACE

杭州作为历史文化名城，以秀丽的风光、灿烂的文化备受瞩目，也因各种传说故事增添内涵、引人入胜。“西湖传说”是由人民群众创作讲述的、与西湖及杭州地域相关联的一种生活形态的口头民间文学。这些传说故事，内容丰富，内涵深厚，是游览西湖、认识杭州的一把“金钥匙”。2008年，“西湖传说”被列入国家级非物质文化遗产名录。2015年杭州图书馆被认定为“西湖传说”国家级非物质文化遗产项目保护单位，肩负着“支持口头传统和非物质文化遗产保护”的使命。

为积极响应杭州建设高水平“非遗强市”，加强对“西湖传说”的保护与传承，杭州图书馆重启了《“西湖传说”故事集成》项目，搜集历年来全市民间文学的采录成果，进行分类整理、篇目选择、内容审校，编纂成兼具文学欣赏和学术研究价值的文献丛书。目前已编辑出版《“西湖传说”名胜古迹卷》，受到大众欢迎。今年策划推出《“西湖传说”物产卷》，钩沉辑录关于地方名品、名物等传说故事，并配以精美原创插画。杭州物产丰富，西湖龙井、杭州丝绸、张小泉剪刀、胡庆余堂……每种独特的物产背后都有着优美生动的传说，这些口口相传的故事，像一颗颗散落的明珠，点缀在西湖文化的璀璨星河中熠熠闪光，使人们在畅享美食、美物的同时，既获得物质享受，又得到精神陶冶和美好启迪。

此书属于文献集成，参考诸多汇编图书，收录大量成文故事，书中已附完整参考书目，并注明口述者、整理者。对于采集到的故事，我们注重口头文学特点，尽力保持原汁原味，有些主体内容相似的故事，在保留初始版本的基础上，尽量选取情节更生动、内容更丰富、可看性更强、流传度更广的版本。由于作者人数诸多，无法一一确认，请见此书后及时与编委会联系。

本书的编辑出版得到了相关单位、业界同仁及民间文学工作者的帮助支持，在此一并表示感谢！

杭州图书馆编委会　2024年11月

目录

CONTENTS

吃食

器物

名店

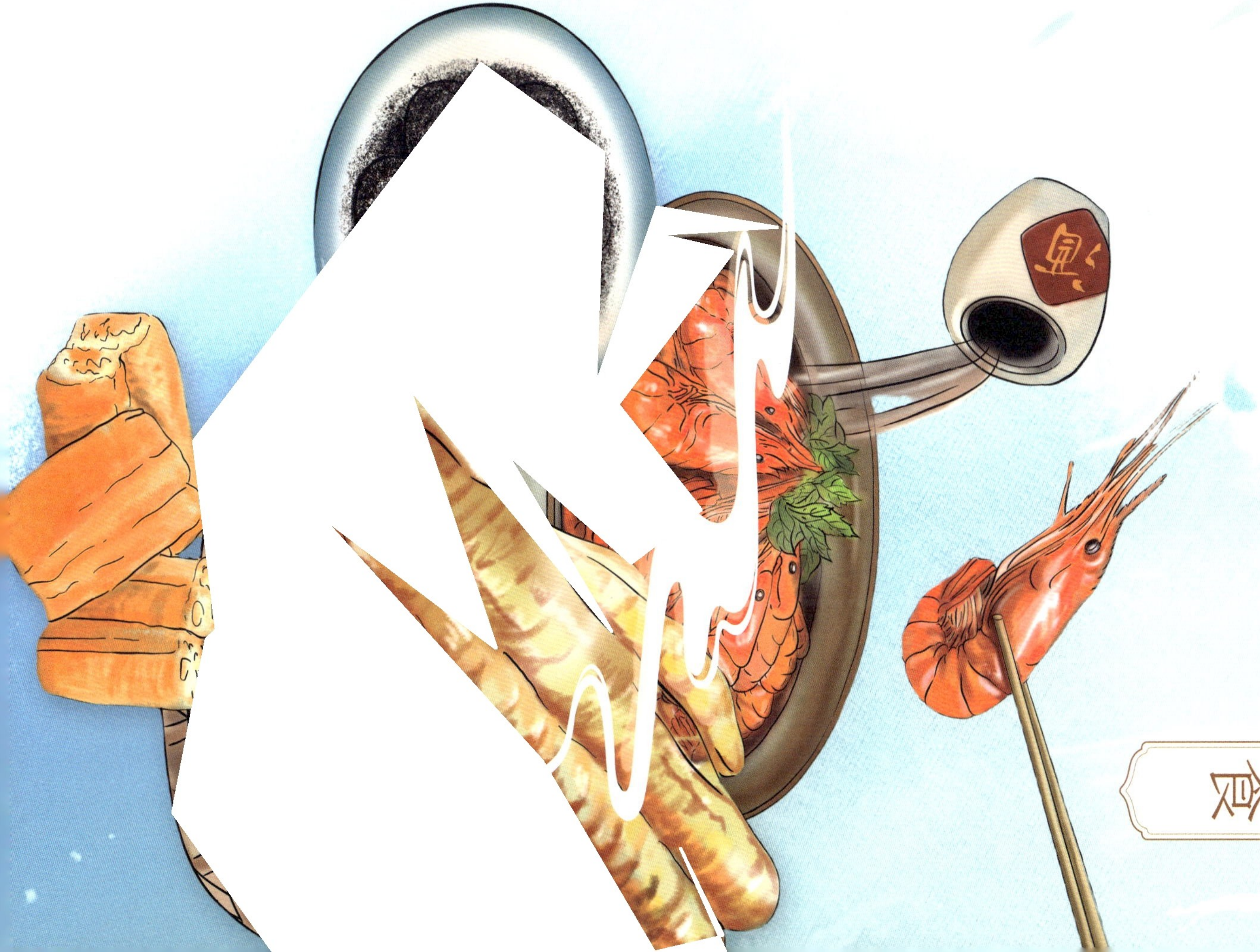

吃食

茶祖宗

早先，龙井是个荒凉的小村庄，山旮旮里稀稀拉拉地住着十来户人家。人们在远山上栽竹木，在近山上种六谷，一年到头累死累活，还吃不上一顿饱饭。

村边有间透风漏雨的破茅屋，里面住着一个老大妈。老大妈没儿没女，孤苦伶仃一个人。她年纪大了，上不了山，下不了地，只能照管照管屋子后面的十八株老茶树。这些茶树还是她老伴在世的时候栽的，算起来也有几十年啦。老茶树缺工少肥，新叶出得很少，每年只能采上几斤老茶婆①。

老大妈是个好心肠的人，她宁愿自己日脚②过得苦点，每年总要留下一些茶叶，天天烧镬茶水放着，还在门口凉棚下摆上两条板凳，给上山下岭的过往行人歇息时解渴。

这一年除夕，天落大雪，左邻右舍多少都办了点年货，准备过年。老大妈家里实在穷，米缸也快空啦，除了瓮里剩的几把老茶婆，别的什么也没有啦。但她仍旧照着老规矩，清早起来，抓把茶叶在镬里，发旺火，坐在灶前烧茶。这时，忽听“咿呀”一声，茅屋的门推开了，进来一个老头儿，身上落满雪花。老大妈忙站起身来招呼道：“老大伯呀，这山上风雪大，快进屋里坐！”

老头儿掸掸身上的雪花，走进屋里，一面向灶洞烤火，一面跟老大妈搭话：“老大妈，你镬里烧的啥东西呀？”

老大妈说：“烧的是茶哩！”

老头儿惊异地问道：“今天除夕，明天就过年啦。人家都忙着余三牲福礼，你家怎么烧茶呢？”

老大妈叹口气，说道：“嗳，我是个孤老太婆，穷呀！办不起三牲福礼供神，只好每天烧镬茶给过路人行个方便。”

老头儿听了哈哈大笑道：“不穷，不穷，你门口还放着宝贝哩。”

老大妈听了很奇怪，伸出头去向门外看看，仍旧是松毛搭的凉棚，底下两条旧板凳，还有墙角一只破石臼，破石臼里堆满了陈年垃圾——一切还是老样子。

① 老茶婆：霜降前后采摘的粗茶。
② 日脚：方言，犹日子。

老头儿走过来指指那只破石臼，说道：“喏，这就是宝贝呵！”

老大妈只当老头儿跟她寻开心，就笑着说：“一只破石臼也算宝贝？你喜欢，就把它搬走好啦。”

“哟，我怎么好白拿你的宝贝呢！把它卖给我吧，我这就去叫人来抬。”老头儿说完，就乐呵呵地冒着大雪走了。

老大妈望望破石臼，心想，石臼这么脏，叫人家怎么搬呀！就把石臼里头的陈年垃圾倒进畚箕，埋到屋后种着那十八株老茶树的地里。又到龙井拎来一桶清水，把破石臼洗刷得干干净净的，洗下来的污水也泼在老茶树的树根上。

她刚把破石臼弄清爽，那老头儿就带着人走来了。他到门口一看，不禁大声叫了起来：“哎呀，宝贝呢？哎呀，宝贝呢？”

老大妈弄得糊涂了，指着破石臼说：“这——这不是好好摆着吗？”

老头儿顿着脚说道：“嗳，你把里面的东西弄到哪里去啦？”

老大妈说：“我把它倒在屋后的老茶树根上了。”

老头儿绕到屋后一看，果然如此，不禁连连顿脚道：“可惜，可惜，这破石臼的宝气就在那陈年垃圾上，你既然把它埋在茶树根下，那就成全这十八株老茶树吧。”说完话，就领着人走了。

过了除夕和新年，很快，春天又到了。这年，老大妈屋子后面那十八株老茶树，竟然密密麻麻地爆出许许多多葱绿的嫩芽来。采下的茶叶，真是又细又嫩又香。

邻居见老大妈的茶树长得这样好，大家就砍掉竹木，收了六谷，用这十八棵茶树的籽，在远远近近的山头上发起茶树来。一年一年，越发越多，越发越旺。到后来，龙井这一带漫山遍野栽满了茶树。

因为这一带出产的茶叶又细又嫩又香，吃起来味道特别美，所以“龙井茶”便在各地出了名。直到现在，茶农们都说，那老大妈屋后的十八株茶树是龙井茶的祖宗哩。

搜集整理者：徐飞、徐光达

龙井茶

古时候，龙井有一条老龙，狮峰有一只雄狮。老龙从东海吸水，帮农民浇田、浇地；雄狮却到处作恶，不是把牛咬死，就是翻掉菜园，让村里人吃尽了苦头。

有一天，有个老头对村里人说："要除恶狮这个祸根，只有去求老龙。"村里人就烧起香烛，一步三跪去求老龙。哪晓得老龙面露难色，对村里人说："我力气不如它，要是你们在五十天内求得百花仙子的清香露，我或许还能跟它斗一斗。"

村里人就挑选了一个小伙子，给他备上快马，要他在五十天内赶到百花山，去向百花仙子讨清香露。小伙子为了大家的幸福，就骑马上路了。他蹚过七七四十九条河，翻过七七四十九座山，换了七七四十九匹马，终于在第四十九天讨来了清香露，回到了龙井山。

老龙用清香露擦身，每擦一遍，龙身就硬一层皮。等到一瓶清香露擦光，老龙身上就像披上了一层铁甲。

第二天，龙狮相斗，斗得昏天黑地，日月无光。恶狮逃到翁家山，老龙追到翁家山，恶狮逃到满觉陇，老龙追到满觉陇，整整斗了七七四十九天，斗得恶狮无处藏身，只好钻进了一个洞里。

老龙追到洞口，狮子喷出白茫茫的一片雾气，老龙一下辨不清方向，被恶狮一爪子挖出了两只眼珠。这两只龙眼，一只落在玉泉，一只落在湖墅。落在玉泉的后来取名为"珍珠泉"，落在湖墅的后来称为"珠儿潭"，珍珠泉和珠儿潭的水是龙的眼泪，水泡就是龙的眼珠。后来，老龙为了再生两只眼睛，就回到东海修炼去了。临走，在九溪来了个就地十八滚，九溪变成了弯弯曲曲的十八涧。狮子听到"哗哗哗"的涧水声，以为老龙还守在洞口，就再也不敢出洞了。

当年龙狮相斗的地方沾上了老龙身上的清香露，长出来的茶叶格外清香鲜醇。这就是名扬四海的狮峰龙井茶。

搜集整理者：沈克勤

龙井十八棵御茶

龙井村北端的胡公庙前，有一块三角形的茶地，栽有十八棵茶蓬[①]，称为十八棵御茶。

据说，清乾隆十六年三月，乾隆皇帝奉太后之命，巡游江南。乾隆在山东、扬州、苏州等地游览名胜古迹后，自苏州直达杭州。

一日，乾隆游西湖时，对新任侍郎和珅说：据说小康王逃难到龙井，今天朕想巡游龙井。和珅领旨启銮游龙井。两宫设临时行宫于广福院（胡公庙）。即日登棋盘山，但见茂林修竹，风景似画；南北高峰，群山起伏，树木葱茏；远眺西湖一带，苏白二堤，六桥三潭，景色如绣。乾隆不胜感叹：“上有天堂，下有苏杭，名不虚传。”转身登狮子山，游龙井寺，到饮山绿阁饮酒，诗兴大发，提笔书写龙井八景：龙泓涧，神运石，翠峰阁，一片云，涤心沼，过溪亭，风篁岭，方圆庵。酒毕，细品龙井名茶。龙井茶色绿，香醇，味甘，确是茶中珍品。

乾隆为游龙井留念，亲手在广福院前的十八棵茶树上摘了茶叶，又封狮子峰一带茶叶为贡茶。从此，皇帝采过的这十八棵茶树就被称为“御茶”，一直流传至今。

讲述者：西湖乡龙井村老农　记录整理者：陈志云、郜鸣镛

① 茶蓬：传统有性繁殖的龙井群体种，本地农民谓之“土茶叶”，因其茶树长成后是一蓬一蓬的而得名。与之相对的，例如现在的龙井43号是无性扦插繁殖，其长成后则是整整齐齐一垄一垄的。

龙井茶“祖宗”

龙井茶闻名天下。龙井茶的“祖宗”其实并不在龙井，而是在狮峰山上。这里流传着这样一个故事。

在西湖西南面有一座狮子峰。相传山峰上有一个寺，每天来烧香的人很多。寺旁有一片茶园。

一天，徽州朝奉先生随着烧香的人来到寺院。他看到墙边有一只破缸，缸里盛有半缸水，上面长满青污苔。朝奉先生一看就知道这是个宝贝，他找到和尚，要向和尚买下这只缸。

和尚说：“一只破缸买啥，你喜欢就拿去。”朝奉说：“哎，哪有白拿的事，还是卖给我吧，你要多少银子，尽管说，明天我叫人来抬。”说完，就下山去了。

再说那寺里的和尚，看看这只坏缸，实在没啥特别之处。他想，破缸太脏，拿起来不方便，还是把缸处理干净。两个和尚抬起破缸来到茶园里，把污水连同青污苔一起倒在茶蓬里当肥料，又拎来溪坑水，把缸刷洗干净，洗下来的污水也泼在茶园里，然后把缸抬回寺里，扑转在墙角。

第二天，徽州朝奉带了人来抬缸了。到寺里一看，缸已扑转了，晓得事情坏了。急得大声叫了起来：“哎呀，宝贝呢！宝贝呢！”他连忙找到和尚：“你把缸里的东西倒到哪里去了？”和尚莫名其妙：“宝贝不是好好摆着，你大惊小怪作啥。垃圾污水我倒在茶蓬当肥料了。”

和尚带着徽州朝奉来到寺边的茶地里，朝奉一看，果真在此。他数了一数，被污水浇着的茶蓬一共有十八棵。朝奉告诉和尚：“好了，这十八棵茶，以后长出来的一定是上等茶叶。”

冬去春来，采茶时节到了。狮子峰上的那十八棵果然与其他茶蓬不一样，碧绿的茶芽密密麻麻，茶蓬脱去老斑，好像新茶园一样。炒出来的茶叶，香气特别浓，放在杯里开水一泡，颜色碧绿。当地人给它取了个名字，就叫“狮峰茶”。后来，周围龙井、杨梅岭、茅家埠的茶农都用狮峰山上的茶种培育新茶。所以，狮峰茶称得上是龙井茶的“祖宗”。至于龙井茶后来为啥名气介大，那又是另外一则故事了。

讲述者：王永福　记录整理者：应志良

龙井茶的来源

现在大家说起绿茶，都说杭州的龙井茶最好。在杭州的龙井，至今还有十八墩御茶。这龙井茶是怎么来的？这十八墩御茶又是怎么回事？喏，告诉你们，听我爷爷说，龙井当年并没有茶叶，这十八墩御茶据说还是从我们胡家岭上迁过去的呢。

相传，当年乾隆皇帝下江南，路过胡家岭，正好是春茶上市时节。他喝了一杯胡家岭的新茶，喝过之后念念不忘，说是从来没喝过这么好的绿茶。于是，他特地跑到余杭县衙，指名要余杭县把胡家岭的茶叶列入贡品，年年春茶上市时给他送几斤茶叶。县官一听高兴极了，这可是个拍马屁的好机会呀！于是年年将茶叶送到京城。

可是，胡家岭一带山高路陡，一碰到刮风下雨的日子，路就特别难走。有一年，山洪暴发，胡家岭一带的路都给冲垮了，贡茶没办法送出去。这可把杭州的知府急坏了，茶叶送不到，身为知府的他也有责任呀！于是他叫来县官，两人一商量，觉得胡家岭这个地方太偏了，路也不好走，干脆把胡家岭的茶叶迁到杭州去，日后送茶叶也方便点。

于是，他们来到胡家岭，将胡家岭上茶叶种得最好的那位人称“胡公”的敬朝阿太请到了杭州，让他在杭州选一块适合种茶叶的地方。

胡家岭的茶叶就是敬朝阿太开始种植的，他对种茶叶很有经验。他到杭州后，在西湖周边的山里转了一圈，最后选择了狮峰山一带。地方选好之后，敬朝阿太便回到胡家岭，亲手挑了最好的二十墩茶叶，运到杭州，种到了狮峰山脚下。可不知道是什么缘故，这二十墩茶叶最后只活了十八墩。

等乾隆皇帝第二次来杭州时，杭州知府便带他到了狮峰山，看看那从胡家岭迁过来的十八墩茶叶树，品品那十八棵茶树所产的茶叶。乾隆得知胡家岭的茶叶迁到杭州，今后来杭州就能喝到胡家岭的茶叶了，十分开心。欣喜之下，当即将那十八墩茶叶封为“御茶”。由于那地方叫龙井，于是，所产之茶叶也就叫作“龙井茶”了。

时间一长，除了我们胡家岭，知道龙井茶来源的人不多了。你要是不相信，我还可以告诉你一件事：直到现在，凡是吃过我们胡家岭茶叶的人，都说质量与龙井茶是一样的。因为我们两家原本就是一家，那龙井茶本来就是从我们这里迁过去的呀！

讲述者：胡兴昌　记录整理者：魏安泉

九曲与红梅

故事发生在1914年的春天。

在铜鉴湖的西南面，有个小山村叫灵山村，村里有个大财主叫沈富贵，家中有个独生女取名沈红梅。沈红梅年方十八，生得聪明伶俐，白净的瓜子脸上印有一对水灵灵的大眼睛，高耸的鼻梁下配着一张红唇小嘴巴。方圆十八里的小后生都想把红梅姑娘娶回家，可沈财主却将上门提亲的人全部拒之门外。

沈富贵是靠种茶发家的，这灵山方圆十里山坞的茶地都是他一户人家的。灵山村气候独特，四周群山环抱、云雾蒙蒙，春天来得比别的山村要早些，产出的茶叶色泽翠绿、富有光泽、匀整重实、嫩绿鲜润。沈财主是看中了这块风水宝地才种植茶叶的。但遗憾的是，他种了多年茶叶，却一直没有攻克炒制茶叶这一关。沈财主在西湖边的龙井村有个远房亲戚，茶叶就是靠亲戚派人炒制后，再挂着“龙井”的牌子销售出去的。虽然价钱卖得蛮高，但大部分利润都被亲戚拿走了，所以，沈财主一直耿耿于怀，总想自家炒制绿茶，好多赚几个铜钿。

看着自己的女儿红梅日渐长大，出落得如花似玉，沈财主忽然想出了一个主意。在清明节也就是红梅生日那天，沈财主发出话来：“如果哪位小后生能为沈家攻克炒制茶叶的难关，并能卖出与龙井茶一样的好价钱，我就将女儿红梅许配给他。”消息一出，四邻八方一下子来了十多个会炒茶的小后生，沈财主一见这场景，心里像是抹了蜜糖，甜得不得了。心想，如果我招个炒茶能手做女婿，那我今后的茶叶就能赚大钱了。谁知和女儿红梅一说，红梅只回答了三个字：“不愿意。”气得沈财主胡子翘起，直叹粗气。

那红梅姑娘为什么不愿意呢？原来那天红梅陪母亲到山上慈严寺去烧香，半路上突遇狂风暴雨，山路被洪水冲垮了。正在母女俩走投无路的时候，忽见山下上来一个小后生，他不顾个人安危，光着脚丫，跑了两个来回，将她们母女俩背下了山。那天，红梅已悄悄地将自己的绣花香袋塞给了那位小后生。这个小后生不是别人，就是隔壁湖埠村的九曲。

九曲这个小后生，生的是浓眉大眼，相貌堂堂。从小练就一手种植茶叶的好本领，可就是不会炒制茶叶，这要想做沈家的女婿，真是鲤鱼想上屋檐水——想都不要想。可红梅姑娘不管父亲的对外承诺，只放下一句话：“不是九曲，谁都别想娶我。”

沈财主想想自己就这么一个独生女儿，要是弄出个寻死上吊来，沈家的香火不就断了，于是想了个折中的办法，说：“九曲，我这里有一篮刚刚采摘的青茶叶，你如果能给我制成上等的干茶，我就将红梅许配给你。”

九曲从来没有炒过茶叶，这可把他给难住了。红梅姑娘见状，赶快过来帮起了忙。她说以前在亲戚家看过，他们在炒茶前要先将青茶叶拿到阳光下面晒一晒，待晾干水分，再放到火烧热的锅子里去炒制。于是，两个人搬来枪垫（用篾编成的晒农作物用的农具），将青茶叶抛撒在上面进行晾晒。

晾干水分后，根据红梅的记忆，九曲将青茶叶倒进加热的锅子里去炒。可是，炒着炒着，红梅发现不对劲了。她清楚地记得亲戚家的茶叶是越炒越扁的，而九曲炒的茶叶却全都卷了起来，相互之间还勾成了一串串。看到这副样子，两人赶紧将茶叶起出锅来，可是为时已晚。看到已经被自己炒得像“花卷”一样的茶叶，九曲心灰意冷，随手就将茶叶丢进了一个空着的木桶里。红梅劝九曲不要灰心，叫他出门去请教一下附近的炒茶师傅，再将茶叶炒扁平来。

九曲正要出门，西山上忽然飘来层层乌云，天下起雨来了。雨足足下了一个多钟头才停，九曲赶紧出门去求教茶叶炒制技术。回来后，九曲叫红梅把茶叶先拿出来。谁知一摸茶叶，红梅当即就傻眼了，装在木桶里的茶叶热得烫手，拿出来一看，原本青青的茶叶已经发酵，颜色变成乌黑乌黑的了。红梅想，九曲炒不好茶叶，爹肯定不会同意他娶自己了，心里一阵伤感。突然，她感觉胸口一痛，一股热乎乎的东西从嘴里冒了出来……

红梅似乎听到九曲在哭，哭得很伤心。可她没有力气说话，只能在那儿静静地躺着。忽然，红梅看见一个长得黑黑的怪物向她飘来。那怪物嘴巴宽宽、眼珠突突，全身鳞光闪闪，四脚爪子尖尖。它飘落到红梅的身边，说自己是在灵山修炼的乌龙，是来帮助她和九曲制作茶叶的。那天是乌龙使用法术下雨，冲垮山路帮助了红梅与九曲邂逅，今天也是乌龙下雨帮助九曲与红梅制作茶叶的。乌龙告诉红梅：“刚才我使用法术下雨，是为了帮助你们将茶叶装桶发酵，现在你们只要将那桶发酵的茶叶手工揉捻，把茶叶揉捻成弯曲的条子，然后搬到太阳下面去晒干，就可以制成上等的红茶了。这种红茶有止渴、健胃、养生之功效，肯定能卖上好价钱。”说到这里，乌龙一个转身，驾着云头飘走了。

原来，红梅刚才因伤心过度昏过去了，在梦里，她见到了在灵山修炼的乌龙，是乌龙告诉了她制作红茶的流程。九曲根据红梅的讲述，终于制成了一袋茶香飘逸可口清甜的红茶。

说来也怪，自从有了九曲制成的红茶，无论是上山劳作的茶农，还是下田耕耘的粮农，都开始喜欢喝红茶了。农民们说，喝红茶不仅止渴，连他们久治不愈的胃病也消失了。

为了感谢乌龙，九曲与红梅将这种茶叶取名为“乌龙茶”。沈财主见九曲为自己制作了上等的红茶，还卖出了好价钱，就答应将红梅许配给九曲，并将自己的茶叶品牌更名为“九曲红梅茶”。据说，当时杭县的县太爷就指定要喝这种红茶，一年红茶喝下来，一直虚弱的身体也变强壮了，常年缠绕着他的头晕病也消失了。第二年，县太爷还几经周折，将“九曲红梅茶”送到国外去评奖，想不到竟然拿了个大奖，那就是1915年的巴拿马万国博览会金奖。

选自：《铜鉴湖民间故事》

“龙鳞曲柳”与九曲红梅茶

相传很久很久以前，灵山大坞盆地居住着一对从福建武夷山一个叫九曲的小镇迁徙过来的老夫妻，靠在山里栽种一点茶叶维持生计，家境十分贫寒。老夫妻年近半百时意外得个儿子，二人很是高兴，当即给孩子取名阿龙，意欲望子成龙。小阿龙长得眉清目秀，聪明伶俐又活泼好动，从小就喜欢在溪水边玩耍。

有一天，小阿龙在溪水边玩得正欢，突然看见有两只溪蟹在小溪里争抢一颗明亮闪光的小珠子，心下十分好奇，就把珠子捞过来含在嘴巴里，高兴地喊叫着朝家里跑去。一个不小心，珠子就顺势吞滑到肚子里去了。

阿龙回到家里后，忽觉浑身奇痒难忍，吵嚷着要妈妈立刻给他洗澡。妈妈将小阿龙脱得赤条条，放进了热水澡盆，霎时，他变成了一条浑身黑亮的乌龙。突然天昏地暗，雷电交加，风雨大作，乌龙迅即由小变大，张牙舞爪地腾空而起，冲出屋外，跃进溪里，然后穿谷破崖向远处游去。

老两口见儿子变成龙形，吓呆了。等回过神来，既惊慌，又伤心，哭喊着拼命地追赶过去。乌龙因留恋双亲，不忍急速离去，听到喊叫，一游一停一回头，连游九程九回头。这样，在乌龙游弋过的地方，便形成了一条九曲十八弯的溪道，一直通往钱塘江。

后来，人们在乌龙游过的这条溪道的两边栽种了杨柳。一到春天，两边垂柳依依，煞是好看，为这个古老的村落增添了无穷魅力。天长日久，一株株杨柳都成了曲干虬枝、树皮斑驳的老树，人们称它们为“龙鳞曲柳”，后来被誉为湖埠十景之一，这条溪直到20世纪60年代还在。

灵山村的乡民为了纪念这条乌龙，每年正月开始扎乌龙灯，龙灯队走村串户舞“乌龙”，祈求五谷丰登、来年太平，这一习俗也一直沿袭到今天。当地生产的红茶，因紧细弯曲形似乌龙，又被称为“九曲红梅”或“九曲乌龙茶”。乾隆皇帝南巡，品尝了九曲乌龙茶后，大力赞赏，略加思索，即赐名“九曲红梅”。就这样，九曲红梅的名称就一直流传至今了。

搜集整理者：冯赞玉

西溪大碗茶

赵阿大膝下无儿，只有一个女儿。爱妻仙辞之后，父女相依为命，好在上一辈留下了三百零三棵茶蓬，是父女俩的命根子。先是采茶、炒茶、卖茶得钱苦度日月，后来在草舍前架起一角，边上搭起豆棚，摆上几张小桌，硬是凑起了一爿茶室，招来了四方的茶客。茶室堂中留有一副对联，端的是意义深长：

尝不尽人间甘苦，喝碗便茶何妨；
踏不平世路崎岖，换双草鞋再走。

赵阿大年轻时就患有“大脚疯”毛病，一年到头整茶园、修茶蓬、施肥、除草，到茶叶上市时炒茶，脚痛时就在家打草鞋，已是忙碌不堪。女儿赵花花也是穷人的孩子早当家，还落得一个方圆数里出挑的美人胚子。花花在茶室里忙里忙外，早晨采露水茶叶，回来后在茶室里迎送待客。因为这是一家水乡农家茶室，虽未加精心修饰设计，也未曾请人帮助另铺场面，赵花花与父亲照着有多少基础办多少事的思路，哪里该放桌子，哪里该留人走路，一切顺其自然，随地而筑，随遇而安。茶室小巧玲珑，舒适大方，加上赵花花人缘极好，待人热情，日日招来众多的茶客。

他们忙不开的时候，总是由赵家的远房侄儿志强来帮阵。志强大花花两岁，做事勤快，手脚利索，下地整理茶园、摘茶，回到家里就在茶室里帮忙，深得赵阿大的欢心。也幸有志强的帮忙，这家茶室越来越红火。

茶室办得好，茶室就留人，茶客不断，人气也高；花花与志强两小无猜，在茶室里忙碌。男女搭配，工作不累。日复一日，日积月累，两个年轻人之间产生了一种朦胧的情感，说不出，也理不清。想避避不开，想躲不愿躲；觉得很别扭，但又很喜欢。两个都被爱情的丝萝网住了。

年轻人的变化，赵阿大看在眼里喜在心上。一天，等送走了最后一个茶客之后，赵阿大把志强和花花叫到面前，帮两人把心里的惆怅解开：你们该成亲了。

当月的十五这天，茶室里的茶客成了小夫妻的证婚人和贺客，着实地热闹了一番。

好事多磨。在小夫妻花烛完婚的当晚，知州衙门派来了四个衙役，带着知州的公文，把志强带到前方跨海去打仗。志强这一去，就再也没有回来。

一场喜事忽地变成了悲剧。赵花花哭得死去活来，可是空空的道路上，只有风吹芦叶雨打芭蕉，没有志强的人影闪动。

第二年的春天，传来了消息说：志强在定海随军跨海进取台湾时，为国捐躯。送回来的是一件由花花亲手缝制的衣物。

当时，赵花花只有十六岁，上门来提亲送礼的不知多少，均被花花回绝了：我的丈夫没有死，他就会回来的。如此岁月，到了她五十寿辰时，还是一个人支撑着这爿茶室，奉给茶客的还是大碗茶。

这件事被康熙皇帝知道了，从京都派员给赵花花送来了一块匾额，上书“守盟贞女”四个大字。

这块匾由村民们帮忙挂在茶室里，从此茶室生意更好，人气更旺。

乾隆皇帝游江南时，来到杭州。早就听说爷爷在世时，曾为杭州的一个小女子赐匾额，这是一个什么样的小女子呢？为什么要为她敕封匾额？很想弄个明白。既然已经到了杭州，不妨去当年这位小女子开设茶室的地方看看。一来，看看老爷子为小女子送的是什么样的匾额？二来，也像老爷子一样对这位江南小女子一番敬意。想罢，乾隆在卖鱼桥上岸，没有马上进城，就带着侍童周日青，一路往西溪而来。

乾隆是微服南巡，旁人与他们擦肩而过，也不知来人是当今皇帝。二人到了西溪，只见眼前是一片水网地区，河流如织，杂草尽染。水绿如蓝，花开似火；蓝天为顶，茵草为毯；百草为屏，虫鸟为伴。真是一处“虽无弱水三千里，不是仙人不到来”的胜地。

乾隆与周日青一边走一边看，如入仙境。走过层层的柿树林，又入密密的方竹林，再跨上三孔条平桥，才看见了一处茶室。估计这就是老爷子赐匾的茶室了，两个人就直往茶室走去。

这里已经有人在喝茶了，也没人注意乾隆与侍童的到来。乾隆到了茶室，首先就往匾额看去：果不其然，正是老爷子亲手写就的字迹。于是便装作茶客，选一处桌子坐了下来，放眼在四周探寻着什么。

一位年轻的姑娘为他们送上了西溪大碗茶。乾隆看着茶室用的碗茶，碗中数张茶叶犹如游鱼一般在水中荡游，甚感有趣。乾隆向姑娘问说：“你们茶室为什么不用杯，而用碗？”姑娘本不善言辞，只说：“我们茶室，自开业那时起就是用的碗，而不是杯。”

乾隆再问：“那你们茶室开了多少年了？”

姑娘说：“这我也不知，反正我奶奶今年八十有余了。”

乾隆问：“你家奶奶可在家？”

姑娘说：“下茶地看茶蓬了，还没有回来。”

乾隆帝决计要见一见这位守盟贞女。可是，乾隆的愿望没有实现，赵花花在察看三百零三棵茶树时，发现有十几棵茶树发病枯萎，痛心疾首，一时惊慌，倒在茶蓬边，手捧着茶蓬，惋惜而死。享年八十又七。

乾隆无缘见赵花花，便与周日青离开了西溪。在他们走了之后，村民发现在他们坐过的桌子上，刻着“西溪大碗茶”这几个字，落款为“乾隆御笔”。

搜集整理者：徐永华

旗枪茶的来历

驰名中外的杭州明前茶，为什么叫作“旗枪”？这里有一段传说。

清朝乾隆皇帝游江南，到了杭州府。这天，他脱掉龙袍，换上青衣小帽，打扮成书生模样，带着几个太监装扮成书童和家人，过云栖，从十里琅珰岭翻山过来，到了龙井村边的狮子峰附近。这时正是清明时节，茶农们已经开始采摘这年的第一批新茶。山上山下飞扬着姑娘和小伙子们优美的山歌声，路边一行行绿莹莹的茶蓬上长满了嫩芽，有的还滚动着亮晶晶的露珠。长年居住在深宫里的乾隆皇帝不禁被这如画的美景陶醉了，顺手采了几把路边茶蓬的鲜叶，装进衣袋里，边玩赏边往山下走。

到了狮子峰脚下的吴公庙前，望见村里家家户户的房上都升起了炊烟。乾隆脚也酸了，肚子也饿了，想找个地方歇一歇，吃点点心。但村里人都忙着把新鲜的茶叶往炒茶房里送，谁也没顾得上理他。他不禁生起气来，打算找个由头惩治一下这些不知天高地厚的山民。于是，他便亮出皇帝的牌子，叫太监去宣庙里的和尚接驾。令和尚快去找一个人来炒茶叶，当朝皇上要亲眼看看。

找哪个好呢？这可不是儿戏，稍有不慎，给你加个犯上的罪名，脑袋就会搬家。随着和尚“笃笃”拐杖声，皇帝要传人炒茶叶的消息从村东到村西，大家忙凑在一起想办法。可是直到庙里的乾隆派太监第三遍来催，大家还想不出应付的法子。

村里有个三十来岁的光棍汉，因为小时候不小心从树上摔下来断了一条腿，孤零零地独自住在靠近九溪十八涧的村子尽头。他一步一拐地赶到，见大家愁眉苦脸的，便挠挠头皮，咬咬牙跟着和尚去见乾隆。

乾隆见来的是个瘸子，只道村民们有意搪塞他，要把和尚拿下问斩。小伙子说：“你是要炒茶叶的人，只要炒得好就是了，断腿碍着什么事？又不是选美人！”乾隆没了理儿，只得故作威严地喊和尚到灶下去烧火。

小伙子用蜡油把锅底抹了抹，搬来半畚箕新鲜茶叶，见乾隆在一旁站着，不好坐下去，便跪在独人凳上炒起来。长满老茧的手在火烫的锅里搅着青叶上下翻动，一会儿抛，一会儿揿，忙得满头是汗。乾隆转动着两只眸子，想从中挑出什么毛病。渐渐地，反而看入迷了。

好不容易炒成了，只有小小的一手把，勉强够泡两杯。老和尚忙又烧了滚烫的狮子泉水，拿出老辈手里传下来的紫砂茶碗，泡上一碗恭恭敬敬地献给乾隆。

顷刻，碗里溢出一股沁人肺腑的清香。茶叶在水里舒展开一叶一芯，同先前一样鲜嫩，碧澄澄的汁水清澈得可以望见碗底的细纹。乾隆微微笑了，小伙子和老和尚都暗暗松了口气。谁知乾隆把嘴凑到茶碗边呷了一口，眉头慢慢地皱了拢来。蓦地，他把茶碗一摔，连声喊道：“什么味道这么苦？宫里吃的怎不是这样子？想必是刁民算计着要害孤家，快把炒茶的推出去斩了！”太监们“喳”的一声，不容分说绑起小伙子就走。

老和尚急忙跪在地上，一边念“阿弥陀佛”，一边恳求皇帝饶了小伙子。乾隆只是气呼呼地坐着，连瞥都不瞥一眼。忽然，他顺顺嘴，眼睛骨落落一转说：“把那人放了！再炒一锅。”原来他就像乡下人吃橄榄，到了这会儿，才总算品出一丝甜甜的回味。

后来，乾隆回到宫中。太后见他好几天未曾来请安，问他到哪里去了。乾隆怕挨骂，连连说龙井风景如何如何地美，龙井茶叶又是如何如何地好。想到口袋里还有那日摘的茶叶，赶快掏出来。那茶叶已被体温烘干了，如同炒过的差不多：扁扁的，一叶宽一叶尖，就像大清朝的旗帜和长枪。他回想起狮子峰脚下令人赞赏不已的潺潺泉流，忽然诗兴大发，随口念起不知哪朝哪代一位诗僧“茶展旗枪涧鼙雷”的名句，低头对着掌心的茶叶吟哦了好一会儿，称其名曰“旗枪”。并传圣旨到杭州府，规定以后每年清明前采下的龙井茶都要进贡朝廷。

至今，在狮子峰的半山腰，吴公庙的后面，还留着“十八蓬御茶”，有人说这里是乾隆当年采茶的地方。如果你有机会到龙井村去做客，热情的主人一定会领你去游览这一古迹。

搜集整理者：朱晓晔

左宗棠品茗命“旗枪”

龙坞是旗枪茶的主要产地，说起“旗枪”两字的来历，这里至今还流传着一个生动的故事。

左宗棠是清朝一代重臣，镇守江南，营居杭州，同胡雪岩结为好友。时值五月，江南潮湿闷热，北方人很不习惯。一天晌午，左宗棠一觉醒来，想出营散散心。思来想去，决定找胡雪岩闲聊一番，于是乘着八抬大轿往胡庆余堂而去。

天气渐热，正是胡庆余堂出销六神丸、清凉丹等消暑药的时节。胡雪岩身穿真丝白褂正在药房查看，听得大门外传来“左宗棠大人到”，忙整了整衣服，放下药物号簿出外迎接。进入堂内，二人拱手寒暄毕，便双双入座，胡雪岩命人沏茶相待。

再说胡母亡故后葬于龙坞长埭，每逢清明、冬至，胡雪岩都要前去扫墓祭拜，当然少不了坟亲[1]打理墓地。虽不算十分亲近，但既是胡家坟亲，年长日久总有往来，最拿得出手的自然是当地土产。每年春茶出来，坟亲们总要带上几斤送与胡家。

仆人拿出龙坞坟亲送的一包新茶，撮了一些放入杯中，倒上开水冲泡。过了一会儿，左宗棠口中干涩，想喝上几口解渴。杯盖一开，杯中朵朵碧绿茶叶就飘出阵阵清香。他喝了一口，啧啧称赞：“好茶好茶！仁兄，这叫什么茶啊？”胡雪岩一时答不上来。当时只有龙井村产的贡茶才能叫“龙井”，其他茶叶如叫龙井，那是要遭祸的。说它是龙井茶吧，那是皇帝才能喝的，再说此茶是龙坞坟亲相送，传出去那还了得？他一手捂着脑袋，一手拿杯喝茶，不知如何回答。

清明过后便是谷雨，此茶正是谷雨茶，一叶一芯，茶汁不浓不淡，味甘气香。左宗棠喝了一口又一口，见胡雪岩一时答不出来，看看杯中茶叶，朵朵叶芯朝上、一叶展开，好似一杆长枪，那茶片正如同一面展开的旗子，便说：“胡兄，你几百种药样样精通，对茶叶却是一点不通！”说罢哈哈大笑起来：“你说不出我来说，这茶嘛……正像‘旗与枪’，干脆叫旗枪茶算了！”胡雪岩连声说：“好！好！这个名字取得好！”从此，人们就把谷雨前后采摘的茶叶称作“旗枪”。

搜集整理者：孙大正

① 坟亲：代坟主照看坟地的人，并非有血缘关系的亲戚，多数是附近的农民。

杨春品茶

老早辰光，在虎跑的山坞里，住着一个叫杨春的茶农。他经常到杭州城里去卖茶叶。每次进城，他都要到城隍山上的茶馆里喝茶。可是，他每次喝茶，总要说：“人说吴山第一泉，可总不及虎跑水。”

当时的城隍山茶馆以“吴山第一泉”招徕茶客，茶馆老板每次听到杨春的话，心中勿落胃[①]，但是杨春是老茶客，他不好发作。

一天，茶馆老板差人到虎跑去打来一桶虎跑水，放在一边。等杨春来到，茶馆老板当即烧好虎跑水，泡茶一壶，洒上一盅，送到杨春跟前。杨春喝了两口后，笑眯眯地说：“这水不错，有点像我们那里的虎跑水。咳，可惜是个撞煞水！”茶馆老板听了先是一怔，感到十分惊奇，随后转念一想，可能是我们取水时让他看见了，便说：“我对你直说了吧，你每到我这里喝茶，老提起虎跑水比吴山的水来得好，我不服，因而特地差人取来虎跑水，想试试你到底吃不吃得出来，今天看来果然不假，不过你刚才所说撞煞水，是什么意思？”杨春说：“你们从虎跑取水，一路上颠颠簸簸，水在桶里碰碰撞撞，这就叫撞煞水。”说话间，杨春又拿过一只茶盅，满满地洒上一盅，送到茶馆老板眼前。“你先尝尝虎跑水，再喝一盅吴山茶，即可分出高低，虎跑水质厚味醇，泡出来的茶是清香可口，润喉解渴。”他一边说，一边卷起袖子从衣袋里掏出几个铜钿，将铜钿一个一个地投进洒满虎跑水的茶盅里，水铺得高出茶盅几分，却并不外溢。在座的茶客原先只顾自己喝茶谈笑，后来慢慢地把注意力集中到这里，听着看着，陆续走拢来听杨春品茶。杨春指指茶盅说：“这就是虎跑水的一个最大特点。”

茶馆老板尝过了虎跑水，看到了杨春的试验，他跷起大拇指说：“服帖，服帖！”他又对伙计说：“从今以后，我这个茶馆专门取虎跑水煮茶。”杨春忙说：“让四方茶客来吴山吃你从虎跑运来的撞煞水，倒不如干脆把你的茶馆搬到虎跑去，不是更好吗？”茶馆老板一听，拍手叫好。

不久，虎跑山坞里开起了茶馆。从此，虎跑水也四处扬名了。

搜集整理者：张烁浩

① 心中勿落胃：杭州方言，犹心里不舒服。

虎跑水

乾隆皇帝阳春三月下江南，他兴致勃勃，带着太监，来到龙井，在狮子峰下胡公庙前的茶地里摘茶叶。他采摘过的茶树有十八棵，于是这十八棵茶树被乾隆皇帝封为“御茶”，列为贡品。

乾隆皇帝来到茶农家里，看了茶农们炒茶，写了一首炒茶歌：

火前嫩，火后老，唯有骑火品最好。
西湖龙井旧擅名，适来试一观其道；
村男接踵下层椒，倾筐雀舌还鹰爪；
地炉文火续续添，干釜柔风旋旋炒。
漫炒细焙有次第，辛苦工夫殊不少。

乾隆皇帝在茶农家里细细地看炒茶的时候，有位茶农老大妈泡了一杯喷香碧绿的龙井茶给他喝。乾隆皇帝边品茶，边连连称赞：“好茶！好茶！”并问那位老大妈用哪里的水泡煮的，那位老大妈回答：“阿拉用呼炮[①]的水煮的。”乾隆皇帝听不清龙井人的地方音，误听为“虎跑水”煮的，又连连称赞“虎跑水好，虎跑水好”，御旨一出，传遍千家，人们就把龙井茶叫虎跑水了。

讲述者：龙井茶农　记录整理者：杨光

① 呼炮：杭州方言，犹滚烫。

十八棵

玉泉水的来历

老早老早以前，玉泉是没有水的。只听说这里从前有一个庙，庙里住着一位会看眼病的老和尚，给不少当地人看好了眼睛，百里方圆有名气。好事传千里，玉泉寺庙老和尚会看百种眼病的消息也传到了龙宫里。一次，海龙王得了眼病，旁边的虾兵蟹将都劝海龙王到玉泉和尚那里去试试。

这天，海龙王摇身一变，抱着试试看的心情到了玉泉老和尚那里。老和尚看出他是海龙王，对他特别客气，给他精心治疗。海龙王去了几次，果真把眼病看好了。看完病后，老和尚随手为海龙王倒了一杯茶，两人谈起天来了。海龙王说：“你这里住住地方很好。”老和尚叹了口气说：“我们这里什么都好，就是一点不好。”海龙王连忙问道：“什么不好？”老和尚答道：“就是没有水吃，要从很远很远的地方去挑水吃。”海龙王说：“没水吃，那好办，我今天就让你们吃到水。”

真奇怪，海龙王站起身来，用手一挥，庙门口的空地上一下子涌出了一股泉水。四邻八舍听说寺庙门前有泉水了，都回去拿水桶来取水，这水取不光，用不尽，直到现在还是水涌不断。这就是玉泉水的来历啦。

讲述者：祝荣棠　记录整理者：应水娟、郜鸣镛、邵永梅

西湖莼菜

西湖南面有座石龙山，山下有个铜鉴湖，有人叫它金牛湖，也有人叫它小西湖。相传铜鉴湖里有只金牛，自从有了这只金牛，这里风调雨顺：即使大旱年间，湖水照样不干；遇到涨大水，铜鉴湖也不满。老百姓嘴上不讲，心里都想多亏了这只金牛。

村里的财主听说铜鉴湖里有金牛，起了贪心，想占为己有。一天，他一定要家丁去车干湖水抓金牛。家丁们架起十部水车，车啊车，车了七七四十九天，总算把湖水车干了。湖底果然蹲着一只金牛，金光铮亮。财主眉开眼笑，把家丁赶到湖底去抬金牛。抬啊抬，就是抬不动。财主眼看天色要变，急得自己也下到湖里去了，快到湖底时，金牛晴天霹雳一个喷嚏，霎时大雨倾盆，湖水猛涨，财主与家丁陷在泥里，怎么用力也难以脱身，湖水越涨越满，财主和家丁葬身湖底。

铜鉴湖水恢复了平静，金牛再也没有出现过。但是，湖中却长出了一种很特别的水草，藤像老菱，叶像鸭蛋，浑身滑溜滑溜，好像刚刚涂了一层糨糊。这种水草密密麻麻，一到秋天，开出金黄色的小花，铺满水面。老百姓用这种水草的茎叶烧汤吃，味道特别鲜。大家想，这水草一定是金牛肚里吐出的草料变的，那滑溜滑溜的东西是牛的奶汁涂的，这是金牛留给当地百姓的一件宝啊。

那年五月，皇上颁下圣旨，要民间送上贡品。圣旨一级一级传下来，老百姓想，我们这里有什么好上贡的？左想右想，想不出一件好贡品来。眼看期限要到，老百姓想，横竖都是死，就采了满满两桶水草，把吃法详详细细写了奏折呈上。

皇上起先以为是刁民戏弄他，结果御厨一烧，味道比鸡汤还鲜，皇上一尝，把脚脚儿[①]都喝个精光，问道：“菜叫何名？”太监们你看看我，我看看你，个个目瞪口呆讲不出来，一看奏折，是钱塘仁桥百姓送的水草。水草多难听，应该叫菜；仁桥产的菜，就叫仁菜吧。皇上传下圣旨，把“仁菜”定为贡品，每年春夏之交，由铜鉴湖百姓朝贡。皇帝满脑子的水草，在下笔时，把“仁”写成了草字头，干脆就改为“莼”字，从此，“仁菜”就变成了“莼菜”。到了明朝，铜鉴湖的莼菜移栽到了西湖，从此，又多了一个“西湖莼菜”的芳名，流传至今。

记录整理者：应志良

① 杭州方言，意即残留的汤、茶、碎末等

莼菜鲈脍

钱塘泗乡[1]有个铜鉴湖，湖畔有个淳桥（后改名为仁桥）村，村里有个姓何的小伙子叫阿土，娶了个媳妇叫阿巧。阿土一家是远近闻名的憨厚老实人，上勿晓得天兵天将，下勿熟悉虾兵蟹将。阿土以打柴为业，阿巧则在铜鉴湖里种莼菜养鲈鱼，一家子算不上富裕，却也过得安然。

1127年，一桩突发的事件打破了阿土家的平静生活。这天上午，阿土跟往常一样，腰佩柴刀，手持扁担、绳索，到铜鉴湖畔的乌龟山上去砍柴。

时近晌午，阿土将已砍好的柴火装担，准备起挑下山。忽然，阿土发现从山下跑来一个年轻人，看他模样，却是布衣敝屣，蓬头垢面，步履也是踉踉跄跄。年轻人见了阿土，像是找到了救星，上前"扑通"一声跪倒在地，拉着阿土的衣裳不停地喊道："哥哥救我！哥哥救我！有金兵追杀我！"阿土一阵惊慌，看看周边，柴火刚被自己砍得光秃秃的，已无处可以藏身。再看山下，一队追兵已越过解头山，正沿着老虎山向乌龟山快速追来。阿土见年轻人虽然狼狈不堪，但目炯面善，气质不凡，不像是个坏人，决定施以援手。情急之下，阿土把年轻人领到一条干涸的沟壑之中。这沟壑上窄下宽，常年无水，上面爬满了葛藤，极为隐蔽，是阿土在一次躲雨时发现的，村里人几乎都不知道这条沟壑。阿土让年轻人钻进去后，对入口进行了伪装，还将随身携带的水壶和饭包塞给了年轻人。然后，阿土回到砍柴地段，故意打翻柴担，将柴禾撒到走过的路上。不一会儿，追兵赶到，把整座乌龟山搜寻了一遍，都不见年轻人的踪迹，于是就盘问阿土，是否见过一个年轻人逃进山里。阿土不慌不忙，回答说："我一直在这里砍柴，没有看到有人上山。"追兵首领见阿土生得憨厚老实，不像在撒谎，就叫人把阿土赶下山去。追兵首领心想：我是明明看见年轻人逃进这山里的，为什么忽然间就不见人影了呢？想到这，首领命令所有追兵把整座山团团围住，不让任何人进出，扬言不抓住年轻人就决不收兵。追兵们不仅将山围了五天五夜，还在山上搜寻了好几遍，但连个人影也没找到。追兵首领想，这年轻人就算躲在山上，这么多天下来饿也饿死了，也就收兵回营去了。

① 泗乡：即双浦转塘地区。

追兵退去以后，阿土立即上山把年轻人救了出来。虽有阿土给的饭包和水壶充饥解渴，但毕竟五天五夜了，年轻人还是饿得昏死了过去。阿土赶紧将年轻人背回家里调养，还请来郎中给他医治。阿土见年轻人连吃饭的力气都没有了，就叫老婆阿巧用铜鉴湖里的莼菜和鲈鱼煮成汤料，然后用调羹喂食。经过阿土和河巧夫妻俩一段时间的精心照料，年轻人终于恢复了健康。

年轻人决定要走了，走之前，他道出了自己的真实身份。原来他是宋徽宗第九子小康王赵构，那个追兵首领就是金兀术。小康王侥幸躲过金兵浩劫，是唯一幸存的徽宗后裔。是年，远在京城之外的赵构闻知北宋被金所灭，于是在南京应天府宣布继位，改元建炎。

为了彻底灭绝赵氏皇室，金兀术的铁骑大举南下，一路追杀在逃的小康王。小康王日夜仓皇逃窜，马不停蹄，幸亏得天恩道，有了“泥马渡河”事件，侥幸过了杭州城北的运河，到了钱塘的铜鉴湖畔，所幸被阿土夫妇营救，又逃过了一劫。临走时，小康王在谢过阿土夫妇后，还承诺：“我若有朝一日登基，便会回来重谢，以谢保驾救命之恩。”言毕匆匆踏上征途。

后来，小康王果真登基，建都临安（今杭州），是为南宋。小康王登基后不久，果然专程前往铜鉴湖畔淳桥村的何家，在感谢阿土夫妇救命之恩的同时，要求他们把自己当时吃过的“鲈鱼莼菜汤”发扬传承下来。小康王还挥毫泼墨，专门为其取名为“莼菜鲈脍”。

选自：《铜鉴湖民间故事》

钱塘泗乡鱼圆和西湖莼菜的传说

在钱塘泗乡，过年或者喜宴上总少不了一道名菜，那就是泗乡鱼圆。泗乡地处美丽的钱塘江之滨，盛产各种鱼类。泗乡的鱼肥而嫩，鱼肉洁白，适合做鱼圆。鱼圆是怎么来的？为什么要把鱼做成鱼圆？这里就有故事要讲了。

话说两千多年前，秦始皇南巡会稽郡，到了钱塘江边，望“江”兴叹，滔滔钱江水，成了一条难以逾越的鸿沟。大队人马沿着钱塘江一路走一路看，试图寻找合适的过江地点，所以，杭州有了多处与秦始皇有关的地名和传说。宝石山上有秦始皇缆船处，六和塔边的山叫秦望山，周浦的昙山上也还有秦始皇当年缆船的痕迹。

那时候的钱塘泗乡，袁浦、周浦、转塘的大部分都还在钱塘江里，浮山和定山都还是岛和半岛呢，昙山也还是一座岛屿。只有湖埠里、金家岭、横桥、龙门坎、桐坞里、大诸桥、凌家桥这些山边的村庄才有居民居住。

秦始皇一路走来，过不了江，就在湖埠村的定南公馆小住了下来。钱塘县令急急忙忙招待秦始皇，把钱塘的山珍海味都献给他。秦始皇自认为是东海龙王投胎，对于鱼的做法特别讲究。做法不对，吃到嘴里的东西就变了味，上等的钱塘江江鲜都勾不起他的胃口，心情不好，就拿厨师出气。

金家岭有个厨师，号称金一勺，上来就给秦始皇做了一道葱油鲥鱼。秦始皇看看上面一层葱花不对味就来气，直接下令杀了金一勺。真是“有了这一勺，不知道还有没有下一勺”。

桐坞里的名厨叫作祝司公，给秦始皇做了一道清蒸白条鱼。白条鱼味道虽然不错，但是鱼刺多，也使秦始皇不开心，祝司公也被秦始皇下令杀了。祝司公也成了作死作活的司公先生了。

龙门坎的厨师葛一刀，有一手好厨艺，长在山里，看多了松树松果、松鼠和刺猬，研究出了一道名菜叫“松鼠鳜鱼”。鳜鱼是钱塘江的特产，秦始皇一开始吃得很开心，再一问工艺，是油炸的，而且在鱼身上割了许多刀，“这叫挨千刀”，当场发了大火，斩杀了葛一刀。

湖埠里下面的横桥里有个名厨叫作陈阿德，擅长烧红烧鲫鱼，他把江里捕来的新鲜的两斤重的鲫鱼，用各色调料和泗乡本地菜籽油做成了香喷喷的红烧鲫鱼。秦始皇不喜红烧，还是发了火。真是“来得去不得，名字叫阿德”，陈阿德做了一辈子厨师，吃香喝辣，到头来还是做了刀下的冤鬼。

凌家桥是个活水码头，有个饭店的厨师名字叫凌剩根，有一手红烧黄鳝的绝活，能把凌溪和钱塘江港湾里的黄鳝做成美味佳肴。一盘黄鳝端上膳桌，秦始皇看了勃然大怒：“黄”与“皇”同音，黄鳝切成了一小段一小段，这是“碎尸万段”。凌剩根和前头几位厨师一样，一命呜呼了。

大诸桥有个名厨叫作汪德贵，曾在钱塘县衙做过厨师，还在午山脚下开了一间小小酒店，来往的客人很多，都称赞他鱼头烧得好。他的鱼头是钱塘江里的新鲜包头鱼做的，还取了白龙潭的泉水，煮上一晚，汤汁像白白的牛奶。但是，鱼头上白白的眼睛盯着秦始皇，秦始皇一懊恼，还是下令斩杀了汪德贵，汪德贵成了“汪得鬼”。

钱塘的厨师都开始逃难，就怕被知县抓去烧鱼，一时，整个钱塘县人心惶惶。

湖埠里陆家岭上有一户人家都是做厨师的，也就是厨师世家，爷爷是厨师，父亲、叔伯和兄弟们也是厨师，因为害怕被抓去做菜，都逃难去了，只剩下陆素珍留在家里。知县大人一个厨师都找不到，到陆家岭也只抓到了陆素珍。平时，陆素珍在家里确实也会烧菜，但是，从来没有去饭店或者为大人物做过菜，一听说要为秦始皇烧鱼，也吓得半死。但是，为了爷爷、父亲、叔伯和兄长们的安全，她也豁出去了。

到了定南公馆的厨房里，陆素珍的小心脏是“十五只吊桶打水——七上八下”，她忐忑不安地拿了一条钱塘江的鲢鱼，切开后，却不知从哪里下刀，就这样痴痴呆呆地用刀拍打着鱼，脑袋里在想：不知道什么时候自己也要像这条鱼一样挨宰了。拍打了几分钟后，鲢鱼的鱼刺和肉自然就分开了，鱼肉也模糊了。这时，陆素珍突然想到，前面几位厨师被杀的原因，一位是红烧，一位是清蒸鱼刺多，还有一位是切成了几段。既然不能红烧、清蒸和切块，那么就试试用肉泥吧。

陆素珍把这些鱼肉泥捏成小球放到沸水中，鱼肉马上变成了洁白粉嫩的鱼球，鱼肉很“体”①，鱼汤的味道也非常鲜美，就是颜色单调了些。从前的几个厨师，加过葱、大蒜等，都惹了祸，她想能否用陆家岭家中池塘里喂猪的浮菜试一下？于是摘了浮菜水下的嫩头，放入汤里，汤里一白一绿，相得益彰。

鱼圆一端上桌，秦始皇看到一个个洁白的圆圆的小球，还有像小鱼一样在游的绿色的小草。吃了鲜嫩的鱼圆，品了滑溜的浮菜，秦始皇问这菜叫什么，大家都回答不出，又问是谁做的菜，钱塘知县回答说是民女陆素珍做的。大家都以为今天完蛋了，陆素珍也要被杀头了。陆素珍硬着头皮走进了秦始皇用膳的房子里，跪在地上。她也不知道这菜叫什么名字，想想看是鱼肉做的，一个个圆滚滚的，就回答说是“鱼圆”。秦始皇问，这绿色的是什么？陆素珍哪敢说是喂猪的水草，想想这浮菜长在水下的嫩头是沉在水里的，就回答说叫“沉菜”。陆素珍忍不住讲了几句大白话：“八月十五月儿圆，家家户户求团圆。盘中鱼圆似月圆，碧绿沉菜映鱼圆。”

秦始皇听了龙颜大悦，赏赐了陆素珍许多金银财宝。同时也在湖埠里附近找到了过江的渡船，也有人说是昙山的金牛驮着秦始皇过了钱塘江，这是后话。陆素珍的家人回到了家里，逃难的厨师们也都回到了钱塘泗乡。

陆素珍的鱼圆救了钱塘泗乡许多厨师的命，为了纪念她，钱塘泗乡的厨师们在任何宴席上都会端上一大盆鱼圆汤，里面都漂着泗乡浮菜（西湖莼菜），讨个团团圆圆的彩头。从此，泗乡人喂猪的浮菜上了台面，改叫“沉菜”，因泗乡话“莼”和“沉”同音，久而久之，也就叫“莼菜”了。每逢结婚、做寿、上梁、周岁等喜宴，上最后一道鱼圆莼菜汤时，跑堂的嘴里还要喊一句“汤来了”！坐主位的还要封一个红包给大厨，以此感谢厨师的辛勤劳动、纪念当年陆素珍的功绩。

池塘里的水草，也就是原来的沉菜，成了杭州著名的西湖莼菜。陆素珍家所在的陆家岭下湖埠里，也就是后来的铜鉴湖，成了西湖莼菜最重要的产区之一。

选自：《铜鉴湖民间故事》

① 体：杭州方言，犹细腻。

秦始皇和清汤鱼圆

西溪湿地盛产草鱼、鲢鱼、鳊鱼、鳙鱼等淡水鲜鱼，是杭州最大的淡水鱼供应地。西溪有一道名菜，叫作清汤鱼圆，凡是到西溪的游客，都要尝一尝这鱼圆的味道。每逢过年过节，西溪当地的老百姓都会做上一些鱼圆，用以款待客人。

鱼圆这道菜，据说与秦始皇有关。

秦始皇曾多次巡游南方，他爱吃鱼但又不喜鱼刺，有不少御庖名厨因此命丧刀下。有一次，皇帝又巡游到南方，想要吃鱼。于是就叫来当地最有名的厨师为其制作。厨师在烧鱼时，想到厄运就要降临，心中非常愤恨，就发泄在案板上的鱼身上，用刀狠狠地剁鱼，谁知道鱼刺却从斩好的鱼茸中脱了出来。真是巧得很，这时传膳之声传来，他急中生智，挑净鱼刺，将鱼茸捏成团放入鲜汤，做了一道鱼圆菜。这碗清汤鱼圆，恰似清水芙蓉，色泽洁白如玉，鲜嫩如豆腐。皇帝吃了鱼圆，觉得又鲜又嫩又没有刺，赞赏不已，便嘉奖了厨师。

后来，这道菜就传到了民间，在盛产淡水鱼的西溪，当地人把这道菜做得更是色、香、味俱全。

选自：《西溪的传说》

天巧不成斩鱼圆

俗话说："无巧不成书。"可这里说的却是无巧不成"斩鱼圆"。这个菜名的来历，相传同秦始皇有关系。

秦王嬴政吞并了六雄，做上皇帝，自称始皇。他想长生不老永远当皇帝，一面找方家术士给他炼仙丹服用，一面又在周围加强护卫，处处防备刺客暗害。这个秦始皇终日提心吊胆，甚至连吃饭都特别小心，对御膳厨师严加防范。倘若发现菜中有一星半点可疑之处，就毫不留情地把厨师杀掉。

且说有一天，秦始皇传旨要吃鱼菜。说起给秦始皇做鱼菜，那可是件非同小可的事情。秦始皇最爱吃鱼，可他偏又忌讳蛮多：给他烧鱼肉汤，他说这是在诅咒他粉身碎骨；给他烧全鱼，他说是故意害他，想让鱼刺刺破他的喉咙。所以，厨师们都怕做鱼菜。

秦始皇点名要吃鱼菜的旨意下到御膳房，司厨虽是位很有本领的楚国名师，也被这道圣旨吓傻了眼。恰巧不久前，有楚国人在半路行刺秦始皇，这位楚国厨师越发感到烧这个鱼菜可谓大难临头、在劫难逃了。他一面在心里诅咒着那残恶的暴君，一面用刀背狠击着案板上的鱼。他见全鱼被自己斩断了，索性用刀背拍剁鱼肉片，以发泄心头对暴君的愤恨。然而，他这种与做菜毫无关系的举动，却出现了一个意外的奇迹：鱼刺从剁成鱼茸的鱼肉中分离出来，很容易地就被剔掉了。正在这时，上菜的圣旨传到了御膳房，这位厨师也顾不得锅里的豹胎汤还没有烧沸，不管三七二十一，把鱼茸用手一团一团地挤入汤中。汤沸了，浮上来的鱼丸，只只洁白鲜嫩。内侍把鱼丸端到秦始皇面前。秦始皇闻了闻便吃将起来，嘴里还不住地"嗯……嗯……"御膳房里的厨师们个个都捏着一把汗，焦急地等着消息。不一会儿，圣旨到，这位楚国厨师不但没有遭到杀身之祸，反而被大大嘉奖一番。善于阿谀奉承的大臣们，认为"丸"同"完"谐音，是个忌讳，便为这个菜奉献了一个雅号，叫"皇统无疆凤珠"。

以后，这个菜流传到民间，士人称之为"鱼汆"，老百姓还是称其为"鱼圆""鱼丸"，现在成了杭州名菜之一。

搜集整理者：西野

双浦双圆

“双浦双圆”是双浦地区一道有名的乡村美食，每当逢年过节、红白喜宴都会出现在当地人的餐桌上。这道菜是由十个鱼圆、十个肉圆为主料烹饪而成的，不仅味道鲜美，还有十全十美、圆圆满满的美好寓意。

说起这道乡村美食，当地还流传着这样一个故事。古时候，在铜鉴湖畔居住着两个结拜兄弟，哥哥叫大成，弟弟叫保宗。两人从小一起长大，大成以养猪卖肉为生，保宗以养鱼卖鱼持家。弟兄俩每天都结伴在集市里售卖猪肉和鲜鱼。他们互相照应，互相帮助，生意做得还算不错。后来，大成和保宗都娶了媳妇成了家。巧的是就在冬至这一天，他们的妻子同时临盆生娃，大成媳妇生得一个大胖儿子，保宗则喜得一位千金。兄弟俩都蛮高兴，整天笑得合不拢嘴。大成提议说：“我们哥俩虽然不是亲兄弟，却是胜过亲兄弟，何不再来个亲上加亲，给两个小孩定个娃娃亲？”保宗听了兴奋地说：“大哥，我也正有此意。那么，还请大哥给我家女娃取个名吧。”大成想了想，说道：“我家小儿也尚未取名，他们同是冬至之夜所生，要不我们家小儿叫‘小东’，你家闺女叫‘阿芝’，谐音‘冬至’如何？”保宗连连点头赞同。

平平静静十多年过去了，小东、阿芝都长大成人。小东从小跟着阿爸养猪卖肉，阿芝也传承了父亲的家业，做起了卖鱼的行当。他们俩青梅竹马，遇到任何困难都会商量着去做。

这天，小东、阿芝一如既往地跟着父亲去集市摆摊。来到自家摊位前，却都傻了眼。好好的两个摊位被人砸得七零八落、破烂不堪。位置上还都留着红条，上面写着同样的内容：“从今天起，不得在此摊位卖鱼卖肉！”他们想，我们从来都是本分做生意，街坊邻居也都客客气气，和和睦睦，不知道得罪了哪路神仙。一打听才得知，原来镇上有一个陈姓屠夫，一脸大麻子，以前一直在村里做着卖鱼卖肉的生意，他依仗着家里有个亲戚在京城做官，经常做一些欺行霸市的事情。前些天，他到镇上集市光顾，发现大成、保宗的生意做得风生水起，眼红得不得了，就要起了流氓手段，想要独占集市上的鱼肉生意。

眼看这生意做不成了，两家人只得回家商量对策。保宗说：“大成哥，你看我们以后该怎么办？这陈大麻子有权有势，我们得罪不起啊！”大成也一下子没了主意，坐在一旁只顾着抽水烟，好久都没有哼上一声。小东见状，连忙上前安慰道：“阿爸，保宗叔，不要着急。这会儿也快到中午了，今天的鱼和肉反正也卖不出去了，我们还是自家先烧着吃吧！吃了饭我们再商量。”说罢，他和阿芝拿着一大块肉和一条鱼向厨房走去。

小东虽说刚才还在心平气和地安慰着两位长辈，但自己何尝不是义愤填膺呢！这个陈大麻子，现在是有权有势，我们肯定不是他的对手，万一真想不出办法，那该怎么办呢？小东是气不打一处来，把案板上的猪肉当成了陈大麻子，手中的菜刀一个劲地砍去。阿芝见了忙上前阻拦，可那块猪肉已经被小东砍得稀巴烂了，这好好的猪肉变成了肉末星子，该怎么烧成菜呢？阿芝小心翼翼地将肉末拾起，在手里捏了几下，竟然变成了一个圆圆的肉丸子。心灵手巧的阿芝见状忽然来了灵感，她把肉末全部做成了肉圆，又在肉圆里放上一些佐料，上锅蒸了后，厨房里瞬间飘满了诱人的香味。小东尝了一口，香糯酥滑，非常入味，味道比红烧肉、白切肉都要好。阿芝说：“以后，我们可以将猪肉做成肉圆去集市上卖，这样，我们与陈大麻子的猪肉生意不会有冲突了，那他就不会来为难我们了！”大家听了，都觉得这个想法好。

第二天，小东和阿芝到集市上卖起了肉圆，乡亲们看到猪肉还有这个做法，都是赞不绝口，纷纷前来购买，生意又好了起来。收摊回家后，小东对阿芝说：“阿芝，我家的猪肉可以做成肉圆来卖，你家的鱼何不也做成鱼圆来卖？”阿芝听了，马上动手拿起一条鲜活的鲢鱼，先是去鳞剔骨，清洗后将鱼肉捣成肉泥，很快就做成了一个个雪白嫩滑的鱼圆。然后将鱼圆放入烧开的热水中一煮，加上佐料，果然味道也很鲜美，不仅老少皆宜，还避免了鱼刺卡喉的风险。就这样，小东和阿芝一道做起了肉圆、鱼圆生意，生意是越做越好。这陈麻子看小东和阿芝做的肉圆、鱼圆生意，对自家生意没什么影响，也就没再去找他们的麻烦。

一年后的冬至那天，小东正式迎娶了新娘阿芝。酒席上，小东特地吩咐厨师将十个肉圆和十个鱼圆合并做成了一道大盆菜。客人们吃了之后赞不绝口，都说这道菜不仅看着喜气，吃着更是鲜美润滑。小东还将这道菜取名为“冬芝双圆”，意思是他和阿芝姑娘之间的爱情十全十美、圆圆满满，引得当地人纷纷效仿。一段时间下来，这道菜便成了周浦、袁浦人置办红白喜事的当家菜，并被后人传承了下来。

2007年，袁浦、周浦合为双浦镇，聪明的双浦人把这道菜改了个更好听的名字，叫“双浦双圆”，应该是借着这个菜名，祝福双浦镇的各项事业都十全十美，圆圆满满吧！2021年6月，“双浦双圆”这道乡村美食被选送参加“‘迎亚运、品美味’西湖区寻味乡村美食美景大赛”，还获得了银奖。同年10月，在双浦镇发起的网络评选活动中，又以高票入选“双浦家宴十碗”。

选自：《铜鉴湖民间故事》

掌上明珠传佳话

掌上明珠，是杭州厨师结合西湖来历的一段美丽神话、经过巧妙构思而创制的一道名菜。它以鹅掌作底，鹅掌上镶着一颗洁白如玉的鱼丸，故称之谓“掌上明珠”。

据说，古时候天河东边深窟里住着一条玉龙，天河西边树林里住着一只彩凤。玉龙和彩凤在银河的仙岛上找到了一块璞玉。彩凤用嘴啄，玉龙用爪磨，天长日久，把这块璞玉琢磨成了一颗珠子。这颗珠子光泽奇妙，照到哪里，哪里就山明水秀，草青花繁。

天宫王母娘娘得知后，就派天兵天将来把珠子抢了去，藏在宫里。玉龙、彩凤循着这颗珠子射出的光芒，赶到天宫，撞啊，撞啊，撞开了九重门，向王母娘娘讨还珠子。王母娘娘恶狠狠地说：“我是玉皇大帝的亲娘，天上的宝物都该是我的。”玉龙、彩凤气极了，喝道：“这颗珠子是我们辛辛苦苦琢磨成的，为什么要由你霸占？”盛怒之下，玉龙和彩凤掀翻了王母娘娘盛放珠子的金盘。珠子骨碌碌，从天上掉落到人间。珠子一落地，霎时变成了水晶透明的西湖。玉龙、彩凤为了保护自己千辛万苦创造的明珠——西湖，一个变成了雄伟的玉龙山，一个变成了青翠的凤凰山，围绕在西湖两边。从此，水光潋滟、风貌秀丽的西湖，成了祖国大好河山的掌上明珠。

搜集整理者：西野

东坡鱼

一天，苏东坡指点厨师，用一尾西湖活鲜鱼，洗净剖开，刺上五刀，再用火腿、葱姜蒸制。厨师烧制好送到书房，苏东坡一见，热腾腾，香喷喷，鱼身上刀痕如柳，连声呼道：“好一尾五柳鱼。”刚举筷想吃，忽然，看到窗外人影一闪，佛印和尚来啦。苏东坡心想：“嗨，好个赶饭和尚，早不来，晚不来，我刚要吃鱼，你却赶来了。今天我偏不让你吃，看你怎么办？”一伸手便把这盘鱼搁到书架上去了！

佛印在窗外早已见到那盘鱼了，他心想：“好啊，你藏得再好，我也要叫你拿出来！”苏东坡笑嘻嘻地招呼佛印坐下，问道：“大和尚不在寺院，到此有何见教？”

佛印一本正经地回答：“小弟今天特地来跟你打听一个字？”

“什么字啊！”

“你姓苏的‘蘇’字怎么写法？”

苏东坡一听，眉头一皱，知道佛印学问好，不会连个“苏”字也不会写，一定有名堂。便装作认真地回答：“噢，‘蘇’字嘛，上面一个草字头，下面左面一个‘鱼’字，右边一个‘禾’字。”

佛印也假装糊涂地问：“噢，假如草字头下面左边是‘禾’右边是‘鱼’呢？”

苏东坡说：“那还是念‘蘇’啊！”佛印接着说：“那把‘鱼’搁到草字头上边呢？”苏东坡急忙说：“嗳，那可不行啊！”

佛印哈哈大笑说：“好啊！你说把鱼搁到上面不行的，那就把鱼拿下来吧！”苏东坡这才恍然大悟：佛印说来说去，就是要吃他那盘五柳鱼。

这天，佛印在寺院，知道苏东坡要来，也照样清蒸一盘五柳鱼。刚好苏东坡进来了。佛印一想，上次你开我玩笑，今天我也要难难你。正巧旁边有只磬，他就随手将鱼放在磬里。

苏东坡早已看见，装作不知，刚坐下就故意“唉”地叹了口气。佛印素知苏东坡性格乐观，疑惑地问道：“太守，今天你为何愁眉不展？”

苏东坡回答说：“嗨，大和尚你有所不知，早上我想写副对联，谁知刚写好上联，下联就难住啦，一直想不出来，所以心烦啊！”

佛印说：“不知上联是什么？”

苏东坡回答说："上联是'向阳门第春常在'。"

佛印一听，心中好笑：这对联家家户户都贴烂了，他却拿来戏弄我，不知道这葫芦里卖的什么药？于是不动声色地说："我来给你对吧，下联是'积善人家庆有余'。"

苏东坡连呼："啊呀，高才高才！原来你磬（庆）里有鱼（余）啊！快，拿出来吃吧。"

佛印这才知道，苏东坡说来说去就是要他拿出鱼来。他从磬里把鱼拿出来，还想戏弄他一下，对苏东坡说："吃鱼不难，不过你要说出这鱼的名堂来。"

苏东坡一看，这是一条清蒸的西湖鲩鱼，鱼背上刺了五刀，便笑眯眯地说："这和你上次吃的一样，叫'五柳鱼'呗！"佛印笑笑回答："这不是'五柳鱼'，这叫'东坡鱼'。你看，长长的、白白的美鱼儿，多像你那巧言善辩、讨人欢喜的嘴脸呵！"

从此，"五柳鱼"又名"东坡鱼"。这道西湖名菜和东坡肉一样，一直流传到今天。

搜集整理者：吴华

西湖白条鱼

杭州西湖里有一种身子狭长、洁白闪光的小鱼，人们都叫它“白条鱼”“刨花鱼”。提起这种小鱼，还有段有趣的传说。相传那是济颠和尚重建净慈寺的时候，当时净慈寺开工消息一传开，杭州城里城外的能工巧匠、善男信女都自动赶去帮忙。那些工匠们锯的锯，刨的刨；那些男男女女抬的抬，搬的搬，可热闹啦。

可是，外地工匠来多了，开工没几天，厨房里备的蔬菜都被吃光了。老方丈十分担忧，想叫济颠打发各地工匠回去。

济颠说：“那怎么行？如果叫他们回去，三个月内净慈寺就不能完工了。”

老方丈说：“那这么多工匠，没有蔬菜吃，怎么办呢？”

济颠说：“那为何不到西湖抲些鱼给他们吃呢？”

老方丈又摇摇头，叹道：“如果西湖里还有鱼好抲，还会来麻烦你吗？不瞒你说，连西湖里的螺蛳都吃光啦。现在真没办法可想，只好请各地工匠回去。”

济颠想了一想，说：“那好，还是让我来想办法。”

济颠叫了许多和尚，把工场里的刨花都收拢来，装进麻袋里，然后，将一袋袋刨花倒进西湖里去。

和尚们以为济颠发疯啦，都目瞪口呆地望着他。只见济颠拿起破蒲扇，向湖面用力一扇，满湖刨花立刻沉下水去；又用力一扇，刨花又浮了上来；最后用力一扇，说也奇怪，一瞬间，那些白花花的刨花，噼里啪啦地活啦，变成了满湖白花花的小鱼。

从此，工匠们的饭菜再也不用发愁了。他们吃了这种小鱼，味道鲜美，干起活来劲更足，不到三个月，净慈寺盖好啦。

这种白花花的小鱼，因为是济颠用刨花变的，就叫作“刨花鱼”。后来，因为它洁白如银，身长如条，又叫“白条鱼”。直到现在，西湖里还可以看到成群结队的白条鱼，这批鱼就是从那时繁殖下来的。

讲述者：陈阿大　记录整理者：胡彩娣

刨花鱼

净慈寺老方丈眼见木材运到，净慈寺重建有望，心中可乐哩。可是，过了几天，又长吁短叹起来。

济颠奇啦！问道：“师父，过去没有木头你发愁，如今有了木头，你愁啥呀？”

老方丈说：“唉！木头是有了，可一没匠人，二没帮工，要把净慈寺盖起来，不知何年何月啊！”济颠听了，哈哈大笑，说道：“这有何难，我三个月内还你一个净慈寺就是了。”老方丈听了，心里想：木头是济颠募化来的，说不定他真有办法哩。便道：“济颠，从明天起，寺里的和尚都听你调度，你就当监工领着造寺院吧！”

第二天，济颠喝得醉醺醺的，手拿破蒲扇，脚拖破蒲鞋，跑到杭州城里，一路走，一路喊：“净慈寺开工啰！大家都去帮忙呀！”一霎时，城里城外的善男信女、能工巧匠都赶到净慈寺来啦。大家抬的抬，搬的搬，锯的锯，刨的刨，老方丈见到这个热闹场面，乐啦。

重建净慈寺的消息，一传十，十传百，外地的能工巧匠也赶来啦。没几天，寺里的粮食吃光了，老方丈又发愁啦，他叫济颠打发一些工匠回去。

济颠说：“师父，三个月造不好净慈寺，怎么办？”

老方丈说：“这么多工匠没饭吃，怎么干活呢？”

济颠说：“师父，你叫徒儿们去募化啊！”

老方丈回答说：“唉！化来的米还不够一天吃哪！”济颠毫不在意地说：“毋担心，毋担心，我还募化了米呢，保你吃到寺院盖好。”老方丈听说济颠还化来了米，就放心回禅房去了。

不料，刚过一会儿工夫，一个小和尚急急忙忙跑来告诉方丈：“啊呀，师父，济颠提了一大锅水，只放了几粒米，这饭怎么烧啊？”老方丈听了，慌忙赶到厨房，只见济颠坐在烧火凳上，把两只脚伸进灶膛里当柴烧。老方丈走上前去问道：“你这是做啥？”济颠说：“我在烧饭。”“放了多少米？挑了几担水？”“放了七粒米，挑了八担水。”老方丈一听，叫声：“啊呀呀，济颠呀济颠，这照得见人影的稀米汤，怎么叫人充饥？”济颠眯眯一笑，将双脚从灶膛里拿出来，用破蒲扇扇了几下，灭了火，立起身来，说：“师父，饭烧好了！”小和尚轻轻掀开锅盖，呆住了。只见满满一锅白米饭，热气腾腾，香气四溢。说也奇怪，这锅饭刚够大家吃一顿，不多也不少，工匠们吃得津津有味。

过了没几天，小和尚又去告诉老方丈，说厨房里的蔬菜吃光了。老方丈又发愁了。他又叫济颠打发一些工匠回去，济颠说：“师父，寺造了一半，怎么办？”

老方丈说：“这么多工匠没菜吃，也不好办哪！”

济颠说：“师父，蔬菜吃光了，你不会杀些鸡鸭牛羊，给他们当菜吗？”

老方丈皱皱眉头说：“如果有鸡鸭牛羊，我还会愁吗？”

济颠又说：“师父，叫徒儿们到西湖里打鱼吃吧。”

老方丈摇摇头，叹了口气，说：“不瞒你说，西湖里连螺蛳都摸光了！”

济颠说：“毋担心，毋担心，还是我来想办法。”说完，拖着一双破蒲鞋，“踢跶踢跶”走到工场里，叫众和尚把工场里的刨花倒进西湖里去，然后拿起破蒲扇，朝着湖面扇了三下。奇啦，刨花竟变成了满湖白花花的小鱼儿，噼噼啪啪活蹦乱跳，把众和尚都看呆了。从此，工匠们的饭菜再不发愁了。三个月，净慈寺就盖好啦。

这种白花花的“刨花鱼”，以后一直在西湖里繁衍生长。因为鱼身洁白如银，形似长条，人们又称它为“白条鱼”。

搜集整理者：莫高

宋嫂鱼羹讽宋王

宋嫂鱼羹，又叫“赛蟹羹”。这是一道在杭州享誉八百多年，至今仍为人交口赞赏的传统名菜。

北宋靖康二年（1127），金兵进犯中原，汴京（今开封）陷落，徽、钦二帝被金兵掳去。皇帝的弟弟康王赵构，狼狈逃到南方，在临安（今杭州）登基称帝，号宋高宗。从此，杭州就成了南宋都城。

高宗在位三十六年，不思收复失地，一天到晚寻欢作乐。后来索性让位于孝宗，自己退居德寿宫养老。他常常乘着大龙舫船在西湖中游逛，有时还对游人和贩卖果蔬羹酒的小舟宣唤赐予，用这个来宣扬他的“承平日久，乐与民同”。

且说有个原在汴京善做鱼羹的宋五嫂也逃难来到临安，在钱塘门外开了爿鱼羹店谋生。因为这里的鲤鱼不像黄河金翅鲤那样肥嫩，所以她烹制的鱼羹并不怎么引人注意，生意很是萧条。

有一天，宋五嫂听说赵构的龙船又开到西湖里了，她想，反正店里生意清淡，倒不如乘此机会兜揽些生意，便乘只小船尾随龙舟而去。说来事也凑巧，有一个在赵构身边的太监认出了宋五嫂，连忙向赵构献媚，说他找到一个在汴京烧鱼羹拿手的厨娘。赵构一听大喜，连忙召宋五嫂上了龙舟。

宋五嫂来到赵构面前叩拜后，赵构装模作样地询问一番。宋五嫂想起老百姓逃难流离之苦，便一语双关，借烹制鱼羹来暗中讽喻。她说，原来跳龙门威名天下的黄河鲤鱼，躲到风平浪静的西湖里来求安逸，于是肉也粗了，味也淡了，让大家都厌了。现在，只有把习性凶残专吃小鱼的鳜鱼捉来剥皮、剔骨、粉身、烧鱼羹，才能得到大家的欢心。宋五嫂说着说着，就把早已准备好的一条鳜鱼，按照自己的方法烧了一碗鱼羹呈上，让赵构品尝。赵构明知宋五嫂意有所指，却又无言可对，只好装聋作哑，摆出一副“凄然含泪”的样子。他慢吞吞吃完了鱼羹，对宋五嫂烹调鳜鱼入味的高超技艺称赞了一番，又拿出一大笔钱赏赐了宋五嫂。

不久，这件事传开了。主张收复失地的人都赞扬宋五嫂机智勇敢，那些醉生梦死的人也因为皇上赞赏此菜而跟着凑热闹。真可谓“曾经御赏，人争赴之”，就这样，宋五嫂发了大财。

搜集整理者：西野

宋嫂鱼

从前，在西湖断桥边，有一间孤单单的茅屋。男主人宋五哥早已去世，只留下他的妻子宋五嫂和一个十二三岁的小弟弟。宋五嫂年纪轻轻，长得俊秀，丈夫死后，乡亲们常劝她改嫁，她生怕小叔无人照顾，都婉言回绝了。宋五嫂总是记住丈夫临死时的话，一定要把小叔抚养长大。平时，她待小叔像对亲弟弟一样，有好吃的总让小叔先吃；做不起新衣，便把丈夫留下的旧衣裳缝缝补补，让小叔穿得暖暖和和的。小叔对嫂嫂也很好，处处都帮上一手。

宋五嫂十分勤劳，每天天不亮，便带着小叔，划着旧渔船，到西湖里捕捕鱼、捉捉虾。捕来鱼虾，便换点米换点盐，过着苦日子。

小叔因为年纪小，经不起湖上风吹雨打，忽然病了，而且病得很厉害。这可把宋五嫂急坏了，里外只她一个人，又要捕鱼，又要请医，又要煎药，真忙得换不过气来。多亏宋五嫂精心护理，小叔的病慢慢好了起来，但身体很虚弱，胃口一点不开。

一天，宋五嫂打来一网好鱼。她将一条鲜龙活跳的草鱼养在水缸里，剩下的鱼拿到集市上去卖。一路走一路想，怎样变个法儿把家里的那条新鲜草鱼烧得好吃点，也好让小叔开开胃口。她想起小时候听老年人说过糖醋可以开胃，便打起用糖醋烧鱼的主意来。

宋五嫂卖了鱼，在街上买来配料，回到家里，一边烧水，一边对小叔说：“今天嫂嫂要做碗好菜给你尝尝哩！”

小叔好像猜到了宋五嫂的心思，说：“嫂嫂，我这两天一闻腥气就恶心，鱼我是不要吃的！”

宋五嫂说：“今天我用个特别的烧法，等会你一吃就知道啦。”

宋五嫂等水一开，将养在水缸里的一条草鱼活杀活剖洗干净，在滚水里一汆，放在碗里；又取出自己做的藕粉，配上糖醋，烧成羹料，浇在熟鱼上。然后将这热气腾腾的一碗鱼送到小叔跟前。她拿筷子夹一块鱼肉，蘸上糖醋羹给小叔吃。小叔一闻，今天的鱼不但没有一点腥气，而且还很香；一尝，有点甜，有点酸，又特别鲜嫩。他抢过筷子，接过鱼碗，连说：“嫂嫂，这鱼真好吃，这鱼真好吃！”开始还一筷子一筷子地吃，后来就大块大块地往嘴巴里送啦。

这样一连几天，宋五嫂每天都把打来的活草鱼留下一条，烧醋鱼给小叔吃。小叔胃口大开，身体也很快好了起来，又帮着宋五嫂去打西湖鱼了。

附近的渔家听说宋五嫂的小叔吃了她烧的醋鱼胃口马上好啦，身体也健旺啦，都来向宋五嫂讨教办法，回去也烧这种鱼吃。宋五嫂看到大家都喜欢吃醋鱼，就积了些钱，和小叔商量商量，在茅屋里开个小店铺，卖起醋鱼来了。果然，你来我往，生意很好，“断桥宋嫂鱼”一时传为美谈。

这一年春天，南宋皇帝乘龙船在西湖上游玩作乐。忽然一阵暖风吹过，从断桥那边飘来一股似甜带酸的香味儿。皇帝从来没有闻到过这种香味，心里好怪，忙问左右道：“这是什么香味儿呀？”

许多人都回答不出，其中有一个本地的官员说：“皇上，这是断桥边赫赫有名的宋五嫂卖醋鱼的香味哩！”

皇帝一听动了心，忙说：“好，既然这样有名，寡人倒要去结识结识。”

那皇帝趁着一时高兴，脱下龙袍，换上便服，带着太监坐小船一路来到断桥边。一上岸，抬头见宋五嫂穿着一身粗蓝布衣衫，一副渔家妇女的打扮，满面春风地在店堂里招待顾客。

皇帝一见连声赞“妙”，忙走上去说：“听说醋鱼的味道很美，不料你宋五嫂的相貌更美。今日一见，果然名不虚传。”

宋五嫂见来者不善，便放下脸不搭理他。那皇帝本来不想露出身份，现在见宋五嫂这样，心里急了，便颠三倒四地说：“美人儿呀，这又何必呢！何必呢……呃！何必在这里烧鱼呢！……不配，不配，嗯，还是跟寡人进宫去才配呵。”

“寡人”两字一脱口，宋五嫂便知道站在前面的人便是那个昏君了，心里更加生气，但又不好得罪他，只得转弯抹角地说：“宫里是有福之人住的，我是个打鱼的人，没有这份福气，一离开茅屋必定生病。我老早就打定主意要在这儿住一世了。”

皇帝见宋五嫂口齿活络，确实也不大好对付，便笑着改口说：“也罢！现在就带你上龙船去烧碗醋鱼，让寡人尝尝新吧。今后你的美名，恐怕连断桥也要压断啦！”

宋五嫂见皇帝竟有这样的死皮赖脸，禁不住两道柳眉竖了起来，说：“龙船难载我卖鱼妇，你皇上也不要走这断桥路！岂不见金兵一来，河山已经破碎，你皇上还是多去想想中原的父老吧。”

这都是实在话，而皇帝却认定是宋五嫂在有意挖苦他，顿时怒容满脸，骂声：“好一个放肆的刁妇！”便急匆匆地和太监下了小船，回到龙船上去了。

宋五嫂见皇帝气呼呼地一走，知道凶多吉少，便赶紧收拾一些东西，带了小叔，从后门溜出，跨上小船，双桨一荡，远走高飞啦。等皇帝派兵赶来捉人时，宋五嫂早已无影无踪了。

从此，宋五嫂和小叔改姓换名，隐落在别的小村子里，再不露面。来断桥边想吃宋嫂鱼的人们，见茅屋破漏，镬灶倒坍，只得败兴而回。

后来，孤山一带学过烧宋嫂鱼手艺的渔家，有的也学宋五嫂的样，开小店铺卖醋鱼。但他们怕冲犯皇帝，不敢说是宋嫂鱼，只挂个“西湖醋鱼”的菜牌。人们一吃这种西湖醋鱼，味道和宋嫂鱼一样好，就都来光顾。不久，许多菜馆也做起这道菜来，而且越做越好，西湖醋鱼就这样出了名。

直到现在，楼外楼菜馆的西湖醋鱼因为选料和加工特别讲究，在杭州享有盛名。

搜集整理者：肖凡

西湖醋鱼

西湖醋鱼在杭州很有名，传说这种鱼是住在西湖断桥边的宋五嫂为小叔子开胃所烧。

宋五嫂十分勤劳，每天天不亮，便带着小叔子，划着渔船，到西湖去捕鱼，过着勉强糊口的日子。

一天，小叔子生病了，而且病得十分厉害，宋五嫂又是捕鱼，又是请医生，又是煎药，忙得连气也喘不过来，小叔子病虽好了，但胃口一直不开。

宋五嫂想起了老年人说糖醋能开胃，便买来配料，烧起了糖醋鱼。宋五嫂将一条草鱼活杀活剖洗干净，等水开了，在滚水里一汆，又取出自己做的藕粉，配上了糖醋，烧成羹料，浇在鱼上。小叔子一尝，有点甜，有点酸，又特别鲜嫩，吃了这鱼，胃口大开，小叔子身体也很快好起来了。

后来，宋五嫂积了点钱开起了小店铺，专卖醋鱼，果然，生意十分好。

直到现在，楼外楼菜馆还有这道名菜。

搜集整理者：陈骏杰

巧煮乌鲤鱼

早先，西湖三潭和瀛洲一带被称为“放生池”。每逢初一、十五，善男信女赶来放生，湖心亭上非常热闹。

这年六月初一，从四处赶来放生的人特别多，天气又闷又热，湖面水不动，湖边树不摇。天热，人倒可以挺住，可那些装在盆盆罐罐中的鱼儿却受不住啦，有的张大嘴巴喘气，有的甚至翻着白眼一命呜呼了。那些善男信女本来想放生行善，反而担了个害命的罪名，急得他们一个个摇头叹气，有的还急出了眼泪。

“放生，放生，不是每条鱼都有福气放生的。鱼跟人一样，福气有大有小。请看我的鱼，就是福大命大。”顺着声音，大家看到一个胖乎乎的阔少爷，提着个精巧的瓦罐，罐底伏着一对灰不溜秋的乌鱼。胖公子见大家注意他，得意地说：“这鱼虽然长得难看，但它们朝拜过大佛，头上有七块斑纹，是菩萨留下的标记，所以叫‘七星鱼’，福大命大，是最好的放生鱼。”

这时，走来了一位身穿破衣烂衫、摇着破蒲扇的和尚，口中念道：“七星非善鱼，池中不能养，河里不能放，捉了烧成菜，喂养小儿郎。”胖公子上前冷笑道：“和尚应以慈悲为怀，怎么劝人杀生呢？大概是饿疯了。”和尚没有理他，对大家说：“鱼跟人一样，也有善恶之分，这乌鱼是鱼中恶霸，恶人不可留，恶鱼不可放。”说着，伸手捞起乌鱼，丢进旁边的水缸里。眨眼工夫，水缸里的几条小鱼都给乌鱼当了点心。胖公子急了：“大鱼食小鱼本是常事，何必大惊小怪，有本事把湖中的死鱼救活。”

和尚笑了笑，摇起扇子。一扇二扇，湖上凉风起，三扇四扇，鱼儿动了尾，五扇六扇，鱼儿已在缸内上下游动。胖公子见此情景，转身要溜，和尚一把扯住他，扇子轻轻一扇，胖公子渐渐缩成一团，就地一滚，变成一条大乌鱼。

原来，胖公子是钱塘江中的乌鱼精变的。他趁着今天放生，上岸吹嘘，好让他的子孙以后在江河中横行霸道，想不到当场被这和尚识破。

和尚剖开乌鱼肚，将小鱼取出放了生。然后将乌鱼洗净，放在一只碗内，又从袖中撮出一把咸菜，放在鱼上。只见他一手托碗，一手摇动破扇，扇了三下，顿时一股香味扑鼻而来。和尚念念有词：“贫僧无配料，咸菜烧鱼汤；回去照样烧，是碗好菜肴。”念毕，他转身对人们说，放生行善不必限时辰，为人处世善恶要分明。说完，摇着扇子飘然而去。人们这才知道，原来他是济公和尚。

从此，乌鱼烧咸菜这道菜便在杭州一带传开了。

搜集整理者：吴桑梓

王昌龄偶得怀胎鱼

杭州有一道名菜，叫怀胎鲜鱼。据说，这道菜始于唐朝。

唐开元年间，大文学家王昌龄乘船路过浙江马当山，船家告诉他：“马当山上有座神庙，人们路过这里，常要凭吊一番。”其实，王昌龄早就知道，而且在临来之前就备下了酒、肉、鸡、马等供品；还另备了一双芦花草履，送给庙神夫人。不凑巧，这天风浪太大，船儿无法靠岸，王昌龄见此情景，就赋了一首诗：

青骢一匹昆仑牵，奏上大王不取钱；
直为猛风波滚骤，莫怪昌龄不下船。

随后，王昌龄就把准备好的供品投进了江中。

船过马当山，王昌龄忽然想起在上船之前曾买了一把金错刀，当时顺手插在草履之中，忘记取出，竟也一起投到江里去了。他正在懊悔，突然，一条三尺长的大鱼跳入船中。王昌龄平时很喜欢吃鱼，偶然得到这条大鱼，不禁喜上眉梢，笑道：“这是鱼自己送上船来请我尝鲜的，不要辜负了它的好意，赶快烹而食之！”

当厨师剖开鱼腹时，发现里面有鸡、有肉，最后，还从里面取出了王昌龄丢失的那把金错刀。船上的人看见这种情景，都觉得很稀奇。厨师取出那把金错刀，闪出一个念头，他想：“如果把这些酒、肉、鸡等留在鱼腹中一块儿烹烧，鱼味岂不更鲜？”于是，他按照自己的想法烹烧起来。

王昌龄吃了这道新鲜菜，对厨师的聪明和技艺大加赞赏。

以后，杭州厨师仿照这一烹调方法，创制了“怀胎鲜鱼”这道名菜。

现在烹制的怀胎鲜鱼，鱼剖背去脊骨，腹内装进虾仁、香菇、火腿、葱、姜等辅料，然后用猪网油包好蒸制，其味鲜嫩、美妙，别具一格。

搜集整理者：西野

半焦鱼与无尾螺

杭州留下镇的小河里，有一种一面雪白、一面蜡黄的鱼，大家叫它半焦鱼；河边溪沟石坎中有一种没有尾巴的螺蛳，大家叫它无尾螺。传说，这种鱼和螺蛳是清朝乾隆皇帝游永兴寺后才有的。

早时候，留下的永兴寺香火十分旺盛，寺里僧侣众多。一天，乾隆皇帝游江南来到永兴寺，闻到一股煎鱼的香气。乾隆皇帝想：和尚是吃素的，这寺里怎么会有鱼香，莫非是和尚不守清规，杀生开荤？于是就在寺里寻起来。

果然，靠河边的小房子里，一个老和尚正在煎鱼，旁边还放着一碗已经烧熟的螺蛳。乾隆问：“师傅，锅中何物？”老和尚说：“池中游。”乾隆又问：“碗中又是何物？”老和尚回答说：“石上爬。”乾隆听了老和尚的话，见和尚不仅违反清规戒律杀生开荤，还敢强词夺理，实属欺君犯上，但自己今天上山来游永兴寺，是微服私访，不好发作，就对老和尚说：“师傅宝寺有此活宝，当真能游会爬？”这时锅里的鱼已烧得乌珠翻白，老和尚把螺蛳倒进锅里说：“你不愿爬上来就下去。”又对乾隆皇帝说：“你看它在用乌珠白我，既然池[1]太小，就到外面去游吧！”说完把锅里的螺蛳和鱼向河中倒去。

乾隆将头伸出窗外，看见落水的鱼半边蜡黄半边雪白，在水中甩甩尾巴游走了，烧熟的螺蛳一颗颗粘在石头上。乾隆皇帝知道老和尚是一个得道高僧，心中有气，就说：“和尚你能使死鱼复活，熟螺复生，真是一个人精。”说完退出永兴寺，在门槛上狠狠地蹬了一脚：“和尚不修行，永兴永勿兴。”

那个得道高僧被皇帝封了一个人精，就永世升不了天，永兴寺也日益衰落，直到拆光为止。而河中，从此就有半焦鱼和无尾螺了。

选自：《西溪的传说》

① 池：在杭州方言中，“池”与“寺”同音。

半焦鱼和无尾螺的比赛

陆上有龟兔赛跑，水中有半焦鱼和无尾螺赛游，这里有这样一则故事。

半焦鱼游水很快，无尾螺只会慢慢地爬行。一天，劫后余生的半焦鱼对无尾螺说：“你行一天路，我只要尾巴一甩就到了。”无尾螺不服气，说要同半焦鱼比一比。它们讲好，比赛的路线是从西溪古荡始，到杭州湖墅止。

比赛开始后，半焦鱼想：我游一天的路程，无尾螺不晓得要爬几年。我慢慢游好了，总归是我先到湖墅的。它这样想着，就到这个河边游游，那个阜头凿凿，可哪晓得等它到了湖墅的时候，无尾螺老早在那里了。

半焦鱼十分纳闷，就问无尾螺怎么会那么快？原来，无尾螺粘在航船底下，航船开到湖墅，它也到了湖墅，自然比半焦鱼先到啦。

选自：《西溪的传说》

蚬子

相传，钱塘江中的蚬子，是鳌元帅的六姑娘变的。

浦阳江和富春江中的乌鱼怪作乱，鳌元帅派爱女六姑娘带着水蛇姐妹前去征服。临行时，元帅给女儿穿上一身硬甲，说：“乌鱼怪嘴尖牙利，用这硬甲护身可保无恙。”姑娘们英姿飒爽，由潮水将军护送，很快来到了钱塘江。

龙门山深潭是乌鱼怪的洞府。几年来，乌鱼怪凭着自己的凶狠霸道，横行一方。今天他正稳坐洞府，尽情作乐，想不到三位女将从天而降，打他个措手不及。三位姐妹初试锋芒，屡战屡胜。乌鱼怪抵挡不住，就钻入水底泥洞，逃之夭夭。

水蛇姐妹对六姑娘说：“六姑娘，你不会钻泥入洞，我们俩对付他已足够。请姑娘到钱塘江口与乌龟精一起把守关口，断他后路。”说完，水蛇姐妹一同钻入水底泥洞，紧紧追赶乌鱼怪而去。乌鱼怪一看水蛇姐妹出手不凡，不敢轻敌，使出浑身解数来招架。只见他一下子跃上平地，搬来大块大块的泥土断水。水蛇姐妹也搬来大块大块的泥土压阵。双方一忽儿打到岸上，将成堆的沙土滚入江内；一忽儿又战在江里，使大把的泥浆洒向岸边。一连战了几天几夜，还不分胜负。忽然，乌鱼怪心生一计，一下从安徽搬来两座大山压到两条水蛇身上。这出乎意料的毒计使水蛇姐妹防备不及，她们使尽力气，还是难以动弹，给压得喘不过气来。

正在危急之际，钱塘江土地爷来了。土地爷很同情水蛇姐妹，念动搬山真经，水蛇姐妹也憋足了劲，喊着：“一，二，三！”三声刚喊完，山就崩了，泥土石块四散在富春江两岸，变成了无数的小山。水蛇姐妹谢过土地爷，匆匆往钱塘江口追去。

来到钱塘江口，她们见到了一幅惨象：六姑娘已被乌鱼怪撕得粉身碎骨，满地的碎肉碎甲。水蛇姐妹怒火中烧，四处寻找乌鱼怪的下落，终于发现乌鱼怪浑身流血、焦头烂额地坐在一角喘息，连尾巴也断了。水蛇姐妹一下冲上前去为六姑娘报仇，这时潮水将军也赶到了，他们合力奋战，不到一个时辰，就把个乌鱼怪打得瘫死在地。

水蛇姐妹忍着眼泪收拾起六姑娘的碎肉碎甲，把尸骨埋在了钱塘江的泥沙中。鳌元帅也来哀悼女儿。他封水蛇姐姐镇守富春江、水蛇妹妹镇守浦阳江，叫她们朝夕相会在钱塘江，常与六姑娘做伴。他还叫潮水将军每月二次前来探望。

水蛇姐妹很爱护六姑娘的尸骨。姐姐让富春江水流过九十九个弯，经过九十九个沙洲，清清亮亮地进入钱塘江。妹妹也不落后，她下功夫挖深、疏通了浦阳江，把两岸的土地管好，逢时过节把浦阳江两岸的时鲜花果送到钱塘江畔。潮水将军每月二次按时不误，给六姑娘带来家乡的水。就这样，过了一年又一年，六姑娘的尸骨有了新灵气，破碎的硬甲带着她的肉块在泥沙中又能勉强支撑起身体了。

水蛇姐妹和潮水将军高兴极了，他们更加尽心尽意照顾这位小妹妹。鳌元帅也特地赶来看新生的女儿，他用颤抖的双手捧起纤弱的六姑娘说："孩子，你小小年纪，为除邪恶惨遭不幸，你身躯虽碎，但灵魂不死，这就是你的灵魂再现，我看你就改名叫蚬子吧！"

从此，水族中就增添了这小小的一员。蚬子姑娘很喜欢宽宽的钱塘江。在朝霞初升的时候，她去江口等候水蛇姐妹；在月亮圆缺的时候，她去江口迎接潮水将军。从此，她定居在钱塘江口，安居乐业，繁衍后代。

搜集整理者：富关锦

酒乡沼虾

在双浦，有一道名为“酒乡沼虾”的乡村名菜，是以双浦的沼虾和芦稷烧为主食材烹饪而成的。“酒乡沼虾”不但肉质细腻，口感鲜美，而且营养价值很高。这道乡土味十足的名菜据说还与宋代名人范仲淹有关呢！

范仲淹在杭任知州时，因崇尚忠厚、勤政爱民，深得百姓爱戴。这天，范仲淹去钱塘办案，不但顺利地侦破了案件，还抓捕到案子的要犯，心情大好。于是，便决定在回程途中，去铜鉴湖畔的风水洞看看。他被洞内的“灵风、秀水、仙云、丝瀑”所吸引，意兴盎然地写下了《题风水洞》这一千古名诗：

神仙一去几千年，自遣秦人不得还。
春尽桃花无处觅，空余流水到人间。

从风水洞出来已是晌午。待下得山来，范仲淹饥肠辘辘，便对随行人员说：“看时间已经到了吃午饭的时候，我知道风水洞左边有个灵山村，村里有家夫妻饭馆，虽是乡村小菜，但味道不错！今天我来做东，大家只管享用便是了！”众人一听非常高兴，便跟随范仲淹向村里走去。

刚踏入村口，一股农家菜特有的香味从远处飘来。大家循味而进，香味果然是从“夫妻饭馆”里飘出来的。店家沈大柱看到是范仲淹一行来了，立马笑眯眯地招呼上了：“范大人，各位客官，请里边坐。”范仲淹坐下后便向沈大柱说：“沈老板，这菜我们就不一一点了，你就随便给配几个吧！不过，我上次来店里吃的那道‘乌龙溪虾’味道不错，今天就来盘大的，让我的伙计们也尝尝好味道。”沈大柱听了连连点头，马上回话说：“范大人，真是来得早不如来得巧，我这里有刚刚从灵山边的乌龙溪里捕来的溪虾，这就给您烧去！”范仲淹知道灵山村民喜酿酒，上次在店里喝过一回，口味还真不错，便又点了店家自酿的土烧酒。他回想着上午办案的顺利，期待着美味的溪虾和农家自酿的白酒，心情甚好！

不一会儿，大柱就把乌龙溪虾烧好了。上菜的是大柱的老婆阿琴，她笑盈盈地把溪虾端到桌上，端起酒壶正准备给范仲淹倒酒，却被跑来的儿子撞到了手腕，手中的白酒洒到了餐桌上的虾盘里。眼见这虾不能吃了，阿琴气得立马训斥儿子：“你看你，就这么调皮，走路总是这么跌跌撞撞的，我这让你一撞，酒都倒进菜里去了，这叫客人还怎么吃？”孩子被娘训了一顿，知道自己闯祸了，索性坐在地上“哇哇”哭了起来。范仲淹一向爱民如子，见小孩子哭得伤心，马上上前安慰道：“没事的，没事的！我们本来也是要喝酒的，这酒倒进去了也不要紧，这盘虾我们照常吃，就不要再训斥小孩了。”这下倒是阿琴不好意思了，马上回话说：“范大人，真的不好意思！如果你们觉得不妨碍的话，还是叫我男人再回锅烧一下吧，这样直接吃味道肯定不行。”

得到范仲淹同意后，阿琴就叫大柱把溪虾倒进锅里翻炒。没想到炒了几下，锅中竟飘出了一种让人垂涎欲滴的特异香味，而且越炒越香。阿琴把乌龙溪虾再次端上桌来，范仲淹看着盘中红灿灿的溪虾，闻着扑鼻而来的特异香味，只觉得嘴中已经溢满口水。他急忙夹起一只尝了尝，兴奋地说道：“妙哉妙哉！这盘虾的味道比我上次吃的那盘更加鲜美啊！”众人一听，立马拿起筷子吃了起来，没一会儿，一大盘溪虾竟然被“打劫”一空。酒足饭饱，意犹未尽的范仲淹提议，饭馆应该把这道菜作为特色美食传承下来。

范仲淹还给这盘虾取了个更好听的名字，叫“酒乡溪虾”，意思应该是只有在酿酒之乡和乌龙溪虾的原产地，才能烧出这么好吃的特色菜。沈大柱一听，非常高兴，当即就在饭馆的菜单牌上写下了“今日起，本馆供应特色菜：酒乡溪虾”。饭馆有了这道特色菜，生意是越来越好了！

20世纪60年代，灵山村和其他村一样，掀起了“挑墩填浦园田化”运动，乌龙溪也不例外，被填得没了踪影。没有了乌龙溪，也就捕不到乌龙溪虾，这道曾经传承百年的乡村名菜也就销声匿迹了。

2021年6月，西湖区开展“‘迎亚运、品美味’寻味乡村美食美景活动”。双浦镇餐饮业协会几经周折，终于挖掘到了“酒乡溪虾”的烹饪秘籍，并委派小叔房村“袁师傅私房菜”饭店的大厨掌勺现场烹饪，启用现代版的“双浦罗氏沼虾”和“双浦芦稷烧”为主食材改良这道乡村特色美食，结果以其“文化底蕴深厚，珍馐美味可口”等特点，一举斩获金奖。

选自：《铜鉴湖民间故事》

酒
神仙一去几千年
自遣秦人不得还
春尽桃花无处觅
空余流水到人间

东坡肉

苏东坡在杭州做知州的辰光，疏浚了西湖，替老百姓做了一件大好事。西湖疏浚后，四周的田地就不怕涝也不愁旱了。这一年又风调雨顺，杭州四乡的庄稼得了个大丰收。老百姓感念苏东坡的好，到过年时，大家都抬猪担酒来给他拜年。

苏东坡无论如何推辞不掉，只好叫人把肉切成方块，焖得红酥酥的，然后按照疏浚西湖的民工花名册，每家一块，将肉分送给大家过年。太平的年头，家家户户过得好快活！这辰光又见苏东坡差人送肉来，大家更高兴啦。老的笑，小的跳，人人都夸苏东坡是个贤明的父母官，把他送来的猪肉亲热地称呼为“东坡肉”。

那时，杭州有家大菜馆，菜馆老板见人们都夸东坡肉，就和厨师商量，把猪肉也照样切成方块，焖得红酥酥的，又挂出牌子，上面写着“东坡肉”三个字。这只新菜一出，菜馆的生意马上兴隆起来。从早到晚顾客不断，每天杀十头大肥猪还不够卖的呢。别的菜馆老板看得眼红，也都学着做起来，一时间，不论大小菜馆，家家都有东坡肉了。

苏东坡为人正直，不畏权贵，朝廷中有一班人本就恨他。其中有个御史乔装打扮到杭州来找岔子，存心要陷害苏东坡。那御史到杭州的头一天，在一家菜馆里吃午饭。堂倌递上菜单请他点菜，他接过来一看，哟，头一道菜就是“东坡肉”！他皱起眉头想了想，不觉高兴地拍着桌子大声叫道：“我就要这头一道菜！”他吃吃觉得味道不错，向堂倌一打听，知道东坡肉是公认的一道名菜，就把杭州所有菜馆的菜单都收拢来，兴冲冲地赶回京去。御史回到京城，马上就去见皇帝。他说：“皇上呀，苏东坡在杭州做知州，贪赃枉法，把恶事都做绝啦！老百姓恨不得要吃他的肉哩。”皇帝听了吃一惊，问道：“你怎么知道的呢？”御史就把那一大沓沾满油腻的菜单呈了上去。皇帝本来就是个糊涂蛋，他看看菜单，哟，对呀，“东坡肉”“东坡肉”……人人头一口就都想吃“东坡肉”，苏东坡是不好啊！于是不分青红皂白，将苏东坡一贬再贬，越贬越远，贬到海南去了。

苏东坡走了以后，杭州的老百姓没忘掉他的好处，仍然像过去一样赞扬他。就这样，东坡肉一代一代地传下来，直到今天，还是杭州的一道名菜哩。

搜集整理者：徐飞

西子湖畔东坡肉

苏堤春晓，是杭州西湖十景的第一景；东坡肉，是公推的一道杭州传统名菜。提起这美景佳肴，就使人回想起曾在杭州做过太守的苏东坡。

苏东坡是北宋著名的诗人和散文家。他一生几经贬谪，两次来杭州做官。第一次，是在北宋熙宁四年做杭州通判。那时，西湖因长期失修，湖水干涸，湖面十之二三变成了菰草丛生的葑田。苏东坡本想修整，但还没有来得及着手，就因触犯了皇帝，一贬两贬，被贬到湖北黄州去了。他在黄州，闲暇无事便题字作诗，居然把烧猪肉的经验写成了打油诗，题为《食猪肉》。诗中写道：

> 黄州好猪肉，价钱等粪土，富者不肯吃，贫者不解煮。
> 慢著水，少著水，待它自熟莫催它，火候足时它自美。
> 每日起来打一碗，饱得自家君莫管。

一晃十几年过去了。到元祐四年，苏东坡再次来到杭州，当了太守。这时，西湖的葑田已占了湖面的一大半。照此下去，西湖就可能干涸。事也凑巧，这几年又碰上大旱，病疫和饥饿闹得百姓苦不堪言。这种悲惨的情景，使苏东坡心急如焚，他连连向朝廷呈送奏章，陈述“西湖犹如杭州的眉目，西湖之水有利于航运和酿酒”，请皇上恩准火速治理西湖。然而，朝廷连一个钱也没有给，只给了可以免除一百名僧人赋税、劳役的一份度牒。

怎么办？苏东坡想来想去，终于想出了一个办法。他把这一纸度牒换卖了一万七千贯钱；又把地方救灾余款一万多贯加在一起，一共凑了大约三万贯。凭着这些钱，苏东坡领着湖区百姓，以工代赈，从夏到秋，用工二十余万，把葑田加以整治，使西湖恢复了烟水渺渺的秀容。为了节省费用和时间，苏东坡又组织人力，把挖捞出来的菰草、淤泥，就地从南到北，筑成一条长堤。这就是现在的苏堤。

苏东坡为地方办了这样一件大好事，老百姓总想表表敬意。可是，怎样来报答苏太守的德政呢？送金银财宝吧，他是廉明高洁的清官，肯定不会收；送诗词书画吧，他是有名气的文豪、书家，岂不是班门弄斧。这时，有人说，苏东坡在黄州时，常吃烧猪肉，索性到春节时送猪肉去吧。大家都觉得这个办法好，一来实在，二来杭州本来就有送红烧肉给老人祝寿的风俗。事情就这样定下来了。

到了春节，杭州老百姓都来给苏东坡送猪肉。苏东坡收到了这么多猪肉，觉得应该同疏浚西湖的民工分享。于是，就叫家人把肉切成一个一个的方块块，用他在黄州的烹调方法烧制。同时，吩咐家人“连酒一起送”，按照民工的名册分别送到每家每户。他的家人把“连酒一起送”听成了“连酒一起烧”，想不到大家吃了这种加酒烧制出来的红烧猪肉，都觉得格外香酥味美。从此，人们就把这种菜肴命名为“东坡肉”，来纪念这位为百姓造福的好太守。

搜集整理者：西野

夜壶炖熟东坡肉

苏东坡在杭州做官的时光，有位好朋友，就是天竺寺的当家老和尚。这老和尚琴、棋、诗、画样样来得，苏东坡有空就骑上小毛驴，带着个青衣书童到山里去，找和尚品茶饮酒，下棋作诗。两人虽是知己，不过老和尚有件隐私，一直瞒着苏东坡。啥个事体呢？原来这位德高望重的当家老和尚，非常喜欢吃肉，还喜欢吃炖得酥酥烂的红烧肉。

这一日，到了年脚边，山里整日落起鹅毛大雪，山前寺后一片雪白，寺前的一条小路也被大雪盖得严严实实。老和尚心想，这种天气，总勿会有香客来拜菩萨了，寺里难得这样清静！自己长远没有吃肉了，今日好过过瘾哉。就偷偷叫人买了块五花肉，关好房门，动手把肉切成小方块，拌好佐料，照老规矩，倒进一把簇新的夜壶里，加好水，放在靠窗茶几上的一只大香炉上，点旺一大把断头佛香，用文火慢慢炖着；一面随手翻开一本书，漫不经心地看，坐等火到肉烂，一饱口福。

哪晓得，没过一歇辰光，山门外就传来一阵“嘭嘭嘭”的敲门声，跟着传来小和尚的话语：“阿弥陀佛，苏大人到！”声音勿大，不过老和尚着实吃一惊，真是半路杀出个程咬金，这种天气，苏东坡还有雅兴上山来？其他没啥，和尚吃肉，总不成体统！但僧房简陋，一览无遗，传出去不得了。一下子藏又无处藏，把肉倒到窗门外头，又一百个勿情愿。和尚正在发急，门口已响起了脚步声，急中生智，赶紧把香炉连夜壶一起端到禅床底下。刚刚藏好，“吱呀”一声，苏东坡推开房门走了进来。原来苏东坡熟门熟路，两人又要好，也勿敲门。老和尚硬着头皮迎了上去，口里讲：“东坡居士踏雪来访，雅兴不浅，请坐请坐。”心里却卜卜乱跳，暗暗叫菩萨保佑，让苏东坡坐会就走。哪晓得苏东坡一屁股坐下，东讲西讲，越讲越起劲，说个没完没了。而老和尚呢，则是一副尴尬面孔，心不在焉。苏东坡何等聪明！看到和尚这副吞头势[1]，心里在想：“和尚定有什么事情！”正在这个辰光，鼻头闻到一股夹杂在佛香里头的肉香味，心里就有数了，不过只装不晓得，特为跟和尚谈天说地捱时光，要看和尚的好戏文。和尚呢，也因自己匆忙间来不及把佛香弄灭，以致肉

① 这副吞头势：杭州方言，犹这副样子。

香越来越浓，担心时光一长，火烛不留情，万一禅床烧着，事体越发不好收拾，急得不晓得如何应付才好！

又过了半个时辰，两人都闻到肉的焦香味了，苏东坡想，开心寻得差不多了，哈哈一笑道：“下官饥肠辘辘，长老的佳肴还不拿出来待客？”和尚晓得瞒不住了，尴尬地说：“罪过！罪过！”赶快从床底拿出夜壶，把肉倒在碗里。苏东坡一看，肉红如枣，拿筷夹了块放到嘴里，肥美香甜入口就化，连声称赞：“好吃！好吃！”

从此，苏东坡家的酒席上多了道佳肴。后来，老百姓把这道菜称为“东坡肉”。

搜集整理者：黄进之

东坡腐

苏东坡喜欢种竹，还喜欢吃竹笋，尤其爱吃笋焐肉。民间流传着这样一首民谣：“吃笋令人瘦，吃肉使人俗；若要不瘦又不俗，餐餐笋焐肉！”据说就是苏东坡亲口说的。因苏东坡而在杭州广为流传的美食，要推“东坡肉”和“东坡鱼”（醋熘全鱼），迄今各大菜馆、饭店仍在风行这两道菜，所以后人说苏东坡不但是大诗人，还是美食家。

可苏东坡爱吃的还有另一道名菜——“东坡腐”火锅，杭州人知道的不多。

一天，苏东坡去访佛印大师，佛印留他吃了夜饭再走，并说叫徒儿送他回去。东坡说：“我还不惯吃素，今朝朝云做笋焐肉，等着我回去喝酒哩！”佛印说：“我今天备了一只好菜，请你品尝，保管你满意！”苏东坡只得留下了。

上灯后，小和尚端来酒菜和两只酒杯，东坡问：“大师，你开戒喝酒了？”佛印答：“不，我以茶陪你。”苏东坡听了，便自斟自饮，用筷子挟起一个油豆腐下酒，一尝馅子，果然鲜味独特，细细辨味，竟是鲜菇鲜笋丁做的，滋味确实不错，就问道：“大师，原来素菜也是佳肴，这叫什么菜名？”佛印答：“油豆腐呗！”

苏东坡回到家里，朝云还在灯下做针线活儿，见苏东坡微带醉意，便问：“今天大师请你吃了好酒菜？”苏东坡回答说：“正是，你明天也照样做几个试试。”并告诉她怎样做法。

朝云知道东坡的脾性，第二天也用蘑菇、笋尖切成丁和在鸡脯、肉糜里做馅子，嵌入油豆腐，再用鸡汤、青菜心、银丝粉干煮熟，略加盐花，装入一品锅上桌，又烫好绍兴老酒，才陪着苏东坡进餐。苏东坡一边吃一边赞道：“好吃，好吃！”

这只菜本来没有名字，有个绍兴厨子，在这一年做年夜饭，做了这个菜，端上桌时，顺口叫它“东坡腐”。后来这个厨子年老回到绍兴，这道菜就流入民间，出了名。

搜集整理者：章达庵

苏东坡和百花蜜酒

苏东坡不是“酒仙”，可他爱喝酒，还会酿酒。传说苏东坡在杭州时，曾三访西湖百花墩，从百花老姥处获得秘方，酿制出一种“百花蜜酒”。

杭州历来以西湖水酿制酒而闻名。苏东坡到杭州后，经常被文人雅士邀去饮酒吟诗，可杭州产的“西湖春”酒，因西湖长久没有疏浚，湖水日浅，水质浑浊，酒也很不好喝。有一次，苏东坡在南山聚景园参加宴会，闲谈中得知南山有处百花墩，墩上住着一位百花老姥，经常自己采集百花，酿制一种“百花蜜酒”。可是这位百花老姥平常不易见人，所以能尝到她亲自酿制的“百花蜜酒”的人就不多啦。

苏东坡听说西湖还有这么一位百花老姥能酿制“百花蜜酒”，如获至宝。宴会一散，他就略带三分醉意，一心想到百花墩去找百花老姥。

苏东坡沿着春水荡漾的西湖，漫步向南山走去。刚出清波门，只见前面一个小洲，柳丝围绕，盛开一片绯红的桃花。他穿越桃林，只见临湖有间小茅房，伸手轻敲柴门，出来一位农家小姑娘。

苏东坡开口问道：“请问姑娘，西湖百花墩不知在何方？”

只见小姑娘“噗嗤”一笑，答道：“百花墩吗？远在天边，近在眼前，这里就是百花墩，不知先生要找何人？”

苏东坡说：“我要找一位能酿‘百花蜜酒’的百花老姥！”

姑娘又“噗嗤”一笑，回答道：“哦！你要找我奶奶吗？她出门已一个多月啦！”

苏东坡大失所望，追问道：“她现在何处？”

姑娘笑着答道：“奶奶以西湖为家，百花为邻，采百花酿酒为乐。现在正是西湖春三月，百花盛开，她忙着采集百花哩！”

苏东坡知道一时难以找寻，就辞别姑娘回府衙，心中念念不忘这位采集百花酿酒的百花老姥。过了一个多月，苏东坡第二次来到百花墩，姑娘开门便说：“啊哟，真不凑巧，我奶奶刚回来过，现在又到西湖四山忙着采集百花哩！”

苏东坡又大失所望，叹了口气说：“好难找的百花老姥！”

姑娘一时也感到为难，问道：“先生贵姓，请留下大名，奶奶回来也可告知！”

苏东坡回答说：“我姓苏，你只要告诉她有位东坡居士前来拜访过。”

苏东坡回来后，先是逢黄梅季节，久雨不停，余杭一带暴雨成灾，苏东坡忙着赈灾救民。水灾刚过，杭州又久旱不雨，稻禾干枯，蝗灾又至。苏东坡又忙着到富阳除蝗，到昌化去了解旱情。直忙到这年秋天，西湖桂子飘香，苏东坡才又想起要到百花墩去拜访百花老姥一事。

这天，秋高气爽，苏东坡怀着一身轻松的心情，第三次来到百花墩。只见四下里红、白芙蓉花开，金、银桂花飘香。他来到小茅房前正想敲门，只听“咿呀”一声，柴门已开，姑娘头戴白花，满脸忧伤，凄声说道：“奶奶久候苏大人，病中仍念念不忘，可惜她于三日前病亡啦！”

苏东坡听后，感到十分惋惜，深深地叹了口气说：“唉！只因公务繁忙，我来迟了一步，再也见不到百花老姥，品尝她的百花蜜酒啦！”

姑娘回答说：“苏大人不必悲伤，奶奶知你为了杭州百姓，日夜奔波繁忙。仙逝前，她嘱咐我留下十年前酿制的陈年百花蜜酒一坛，请苏大人品尝。”

姑娘请苏东坡进了茅房，取出一坛百花蜜酒，坛口一开，满屋酒香醉人。倒入碗内，苏东坡一品尝，芳香扑鼻、酒味醇美，连声赞道：“好酒，好酒，正是天下第一好酒！”

姑娘见苏东坡赞美百花蜜酒，连敬三碗，喝得苏东坡满嘴生香，酒味无穷，又叹息地说：“可惜啊可惜！百花老姥已仙逝，她那酿制百花蜜酒的秘方也失传啦！”

只见姑娘从怀中取出一纸，交与苏东坡说：“大人，这是奶奶临终前，要我交给苏大人的酿酒秘方。请苏大人将这百花蜜酒永留美丽的西湖，让这美酒佳酿永传杭州民间。”

苏东坡接过秘方，请姑娘带他到百花丛中百花老姥的新坟上祭扫了一番，拜谢而归。

后来，苏东坡按照百花老姥的秘方，果然酿出了百花蜜酒。他还将秘方写成了一首《蜜酒歌》，以纪念这位没有见过面的百花老姥。这首《蜜酒歌》是这样的：

真珠为浆玉为醴，六月田夫汗流泚。
不如春瓮自生香，蜂为耕耘花作米。
一日小沸鱼吐沫，二日眩转清光活。
三日开瓮香满城，快泻银瓶不须拨。
百钱一斗浓无声，甘露微浊醍醐清。
君不见，南园采花蜂似雨，天教酿酒醉先生。
先生年来穷到骨，问人乞米何曾得。
世间万事真悠悠，蜜蜂大胜监河侯。

苏东坡酿制的西湖百花蜜酒因年代久远早已失传，可是，这首《蜜酒歌》却一直在杭州民间流传。如今杭州的酿酒厂还根据这秘方成功地酿制出这种西湖百花蜜酒，并将它命名为“东坡酒”。假如到杭州旅游，不妨品尝一下这香甜酒醇的东坡酒。

讲述者：吴定华　记录整理者：莫高

酥油饼

到过杭州的人都会慕名品尝一下吴山酥油饼。这种传统名点，脆而不碎，油而不腻，香甜松口。相传，酥油饼的来历，和北宋大诗人苏东坡有关，这里有着一段风趣的小故事。

那是苏东坡第二次到杭州来当太守的辰光，一天，他公余兴浓，身披蓑衣，脚着芒屦，带了一二老卒，冒雨来游吴山。

当时，吴山顶上有爿夫妻点心铺，夫妻俩为人老实，虽然店小本钱少，却是不惜工本，每天做点油饼，供应前来吴山观景的客人。他们做的油饼，香而酥，薄而脆，人人爱吃，生意十分兴隆。

苏东坡一步一杖，来到吴山上。这时，身体疲劳，腹中饥饿，只见很多人喜滋滋地在吃油饼，苏东坡一时高兴，也到夫妻店中买几个油饼，解下腰间酒葫芦，坐在草地上，一口酒一口饼吃起来。只见这油饼，看上去油丝丝，闻起来香喷喷，一上口松脆脆，味道特别美，一连吃了三个，便即兴咏了一首小诗：

野饮花间百物无，杖头惟挂一葫芦。
已倾潘子错著水，更觅君家为甚酥。

苏东坡吃完后，便走到夫妻店问道：“如此好油饼，不知有何美名？”

店家笑而答道：“山野小吃，要什么美名！”

苏东坡觉得如此美点，没有美名，似乎太可惜啦。便想替它取一名称。他仔细看看这种油饼，一层层、一丝丝，像身上披的蓑衣一样，便随口说道：“好，既不要雅名，就叫它‘蓑衣饼’吧！”

跟随苏东坡的老卒听了，忙对店家说：“恭喜你们，恭喜你们，太守给你们做的饼取名‘蓑衣饼’啦！”

店家夫妇一听，才知道他就是人人敬爱的苏太守，忙过来道谢。

从此，吴山蓑衣饼制作更精美，名声更远扬。因“蓑衣饼”与“酥油饼”三字字音相近，且此饼又油又酥，后来，杭州人就叫它“酥油饼”了。

搜集整理者：莫高

为啥酥

杭州城隍山上有个小巧玲珑的名小吃——酥油饼，看上去黄澄澄，嗅起来香喷喷，嚼起来松脆脆，还浇上一层白雪般的糖，故而人人喜爱。酥油饼的名称是怎么来的呢？这还得从九百多年前，苏东坡任杭州太守时说起。

那时，吴山脚下有个何秀才，家里聘有一个心灵手巧的朱厨师。这个朱厨师不但做得一手好菜，且还善制色、香、味俱佳的油酥饼。到过何秀才家的人，无不竖起大拇指，啧啧称奇。但是，这油饼虽好，却没有一个好名称。这天，吴山脚下太岁庙前的广场上，摆起了一桌桌的酒菜，何秀才正在指挥仆役们迎宾候客。原来，何秀才邀请了包括大名人苏东坡在内的许多文化名人，要在这里举行宴会，当然还要品尝一下美味的油酥饼，顺便请在座的人给饼儿取个好名称。

酒席间，大家猜拳行令，吟诗对课，十分欢欣，可苏东坡因为酒量太小，少许即醉，为了摆脱“酒食地狱”，他想尝油酥饼了，即兴作了几句诗以作纪念：

野饮花前百事无，腰间唯系一葫芦。
已倾潘子错著水，更觉君家为甚酥。

苏东坡的诗一出，何秀才连忙着仆役端上油酥饼，并向诸文友致意说：“在下家制油酥饼，蒙太守及诸位见爱，备多赞赏，但此饼尚无恰当名称，是否请诸位赐一名字，不胜感激……”听了主人一番话后，宾客们虽觉取名必要，但一时灵机未动，只好静待在那里。此时，朱厨师却在一旁微笑。何秀才觉得奇怪，问道：“厨师何故见笑？”

朱厨师道：“我笑是因为苏太守已给取了好名字，诗最后的‘为啥（甚）酥’就是个很好的名字！”

可后来为什么叫吴山酥油饼呢？这是因为：后来哲宗皇帝自己当政，听信了一些奸臣的谗言，对苏东坡这个正直敢言的好官看不顺眼，除罢了苏东坡的官职，将他流放到海南外，还进一步迫害他，毁坏他的诗文和碑石。“为啥酥”是因苏东坡而得的名，主人为了避祸，将它改称吴山酥油饼，一直叫到现在。

搜集整理者：徐清祥

吴山酥油饼

吴山酥油饼，是杭州的传统名点，据说它原来的名称叫“大救驾”。

相传，宋朝第一代皇帝赵匡胤打天下的时候，与南唐李升开战，匡形势不利，被围困在安徽寿县。当时，李升将县城围得水泄不通，想把赵匡胤困死。赵匡胤见一时无法突围，只得命令士兵坚守城池，等待援兵。可是日子一久，城内军粮断绝，眼看士兵们都要饿死了。就在这危急关头，当地的老百姓拿着用粟粉制成的饼子，纷纷前来支援，解除了部队的饥荒。

后来，赵匡胤建立了宋朝，做了大宋的第一代皇帝。他为了纪念这件事，特地下旨把这种粟饼命名为“大救驾”，令御厨房照样制作，供内宫人员食用。

到了南宋，康王赵构迁都临安，这种内宫食品也传到了杭州。吴山一带的吃食店为了招揽生意，便纷纷仿制“大救驾”饼供应市场。后来，又逐步在佐料、制法上做了改进，将粟粉改为白面粉，加入花生油调和，先用擀面杖擀成长片，然后卷成圆饼形状，投入沸油锅，待炸到两面呈玉白色时捞出，撒上白糖、蜜饯、糖桂花、玫瑰花干等，吃起来松脆香甜、美味可口，起名为“吴山酥油饼”。

搜集整理者：管建平

英雄骑驴求干炸

干炸响铃这道杭州名菜，炸的并不是真的响铃，而是杭州泗乡生产的豆腐皮。这种豆腐皮薄如蝉翼，黄亮透明，卷入薄薄的一层馅料，经过特别讲究的烹饪工艺，炸得皮层酥脆、肉馅鲜嫩，食用时辅以甜酱、葱末和椒盐，香脆色鲜，风味诱人。

为什么不叫炸豆腐皮，而叫“干炸响铃”呢？民间传说，是为了纪念历史上的一位英雄人物韩世忠。

原来，这道菜在宋朝就小有名气，被人赞赏。有一次，有位英雄骑着毛驴来到一家饭店，专点这道菜下酒。不巧，豆腐皮刚刚用光，做不成了。这位英雄真有点英雄的脾气，不吃到这道菜就誓不罢休。他听说原料豆腐皮在泗乡制作，就立即起身出店，骑着响铃毛驴，挥鞭前往，亲自去把豆腐皮取了来。厨师被他这一片虔诚的心感动了，更加精心烹制，满足了他的馋虫。

这位英雄是谁呢？好事者经过探索、联想，估计是在西湖飞来峰山腰修筑翠微亭的韩世忠。当时，岳飞被秦桧以莫须有的罪名杀害。韩世忠因为是主战派将领，也遭到了打击，解甲归田。从此以后，他自称清凉居士，经常骑着响铃毛驴放迹于西湖的山水之间，借以排遣胸中的不平和苦闷。韩世忠根据岳飞“经年尘土满征衣，特特寻芳上翠微”的诗句，在飞来峰造了一座翠微亭，以寄托对岳飞的深情厚谊。于是，好事者就附会起来，断定这位骑响铃毛驴的英雄必是韩世忠。既然是韩世忠喜爱吃这道菜下酒，又骑着响铃毛驴亲自去取豆腐皮，人们便将此菜取名“干炸响铃”来纪念这位英雄。

从此，韩世忠骑着响铃毛驴去取豆腐皮的事传为佳话，这道“干炸响铃”的菜也扬名四方。一直到今天，人们吃着这道菜，无不缅怀韩世忠。

搜集整理者：西野

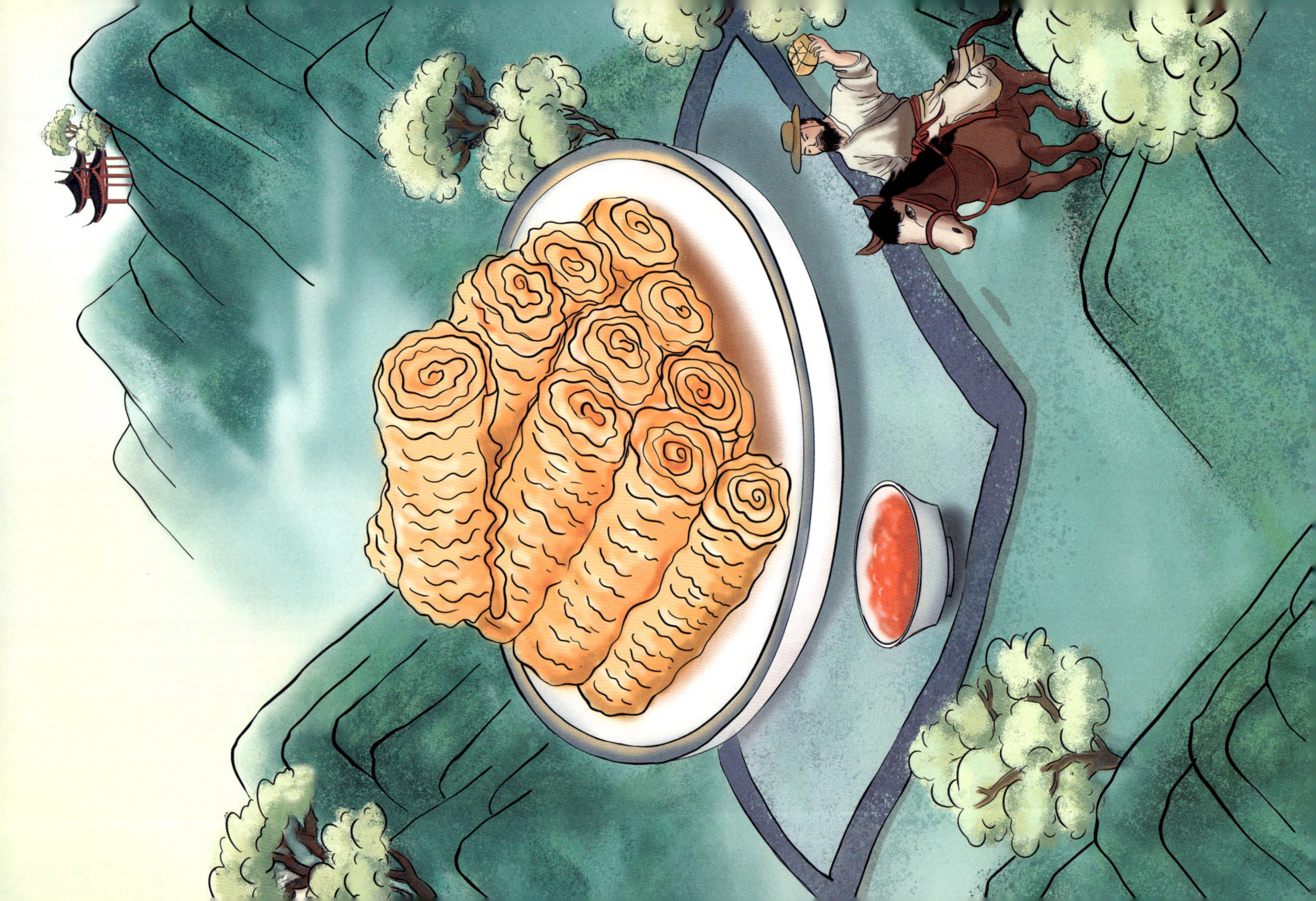

油炸桧

油条本来叫作“油炸桧”，据说最早是临安人做出来的。

南宋年间，宰相秦桧和他的老婆王氏，在东窗下定了毒计，把精忠报国的岳飞元帅害死在风波亭。消息传来，老百姓个个气愤不平，酒楼茶馆，街头巷尾，都在议论这件大冤案。

那时候，在众安桥河下，贴隔壁有两爿吃食摊：一家卖芝麻葱烧饼，一家卖油炸糯米团。这一天，刚刚散了早市，做烧饼的王二通通炉火，整好灶上卖剩下的一叠葱烧饼，看看没有买主，就坐在条凳上歇息。这时，做糯米团的李四也已收拾好油镬，蹲在那里咂旱烟啦。彼此一招呼，李四便走过来，两个人对面坐起来谈天。一谈两谈，不觉又谈到秦桧害死岳飞的事情上来啦。李四讲到气头上，不由得捏起拳头在条板上用劲一敲：“卖国贼秦桧！我恨不得把你……”

王二听了嘻嘻直笑，说道：“李四哥别心急，你看我来收拾他们！”说着，从条板上摘了两个面疙瘩，捏捏团团，团团捏捏，捏成两个面人：一个吊眉毛大汉，一个翘嘴巴女人。他抓起切面刀，往那吊眉毛大汉的颈项上打横一刀，又往那翘嘴巴女人的肚皮上竖着一刀，对李四说：“你看怎样？”

李四点点头，说：“不过，这还便宜了他们！”说完，他跑回自己摊子，把油镬端到王二烤烧饼的炉子上来，又将那两个斩断切开了的面人重新捏好，背对背地粘在一起，丢进滚油镬里去炸。一面炸面人，一面叫着：“大家来看‘油炸桧’啰！大家来看‘油炸桧’啰！”

过往行人听见“油炸桧”，觉得新鲜，都围拢来。大家看着油镬里的两个面人被滚油炸得吱吱响，肚子里都明白这是怎么一回事了。大家心里很痛快，都跟着叫起来：“看呀看呀，‘油炸桧’啰！看呀看呀，‘油炸桧’啰！”

就在这时候，只听“噹，噹”一阵锣声响，齐巧，秦桧坐着八抬大轿，从皇宫里退朝回府，经过众安桥。秦桧在轿子里听见嘈杂的叫喊声，什么油炸桧呀？觉得这声音不对头，忙叫停下轿子，派出亲兵去抓人。亲兵挤进人群，把王二和李四抓来，连那油镬也端到轿前。秦桧看见油镬里那炸得焦黑了的面人，也就明白了大家真在骂他，气得一根根络腮胡子都翘起来，走出轿来大声吼道：“好大的胆子！你们想要造反呀？”

王二装作没事人似的，笑嘻嘻地回答说：“我们是做小生意的。哪里造得了反呢？”

秦桧说：“既然如此，你怎敢乱用本官名讳，来骂我？”

王二说：“哎呀呀，宰相大人，你的讳是木旁的‘桧’，我们说的是火旁的‘烩’哩！”

这时，大家都嚷起来：“对，对呵，这是音同字不同呵！”

秦桧听听也是，弄得无话可说了。他看看油镬里浮起的那两个面人，喝道：“不要啰唆！这炸成黑炭一样的东西，如何吃得！分明是你两个刁民，聚众生事，欺蒙官府！”

听秦桧这么一说，人群中马上站出两个人来，说道：“就要这样炸，就要这样炸！”说着就把油镬里的面人捞起来，一家一半分开，往嘴巴一塞，“咯吱咯吱”地吃起来，还连声说道：“好吃，好吃！我越吃牙根越痒，恨不得一口把他吞下去哩！”

这一来，弄得秦桧哭笑不得，只好瞪瞪眼睛，往大轿里一钻，灰溜溜地走啦。

堂堂的宰相当众吃瘪，这件事一下轰动了整个临安城。人们纷纷赶到众安桥来，都想吃一吃“油炸桧”。李四索性不做油炸糯米团了，把油镬搬了过来，和王二并做一摊，合伙做“油炸桧”卖。

原先，“油炸桧”是背对背的两个面人，但面人要一个一个捏起来，做一个“油炸桧”得花不少工夫，实在太费事了。后来，王二和李四想出一个简便的法子，他们把一个大面团揉匀摊开，用切面刀切成许多小条条，拿两根来，一根算是秦桧，一根算是王氏，用棒儿一压，扭在一起，放到油镬里去炸，仍旧叫它“油炸桧”。这样，做起来就方便得多了。

老百姓当初吃“油炸桧”是为了消消恨的，但一吃味道不错，价钿也便宜，所以吃的人越来越多。一时间，临安城里城外所有的烧饼摊，都学着做起来。以后就传遍了全国各地。

从此，“油炸桧”便成为一种人人爱吃的食品。后来，人们看看“油炸桧”是根长条条的东西，就叫它为“油条”。又因为油条最早是在烧饼摊上做出来的，所以直到现在，各地都还保留着原来的习惯，烧饼和油条总是合在一个摊子上做的。

搜集整理者：路平

油炸桧儿（一）

杭州百姓爱吃油条，而且将它叫作“油炸桧儿”，这是有来历的。

话说南宋奸相秦桧和老婆王氏在格天阁东窗设计害死岳飞，杭城父老乡亲人人愤怒、个个不平，痛哭秦桧夫妇谋害忠良，恨不得食其肉嚼其骨。

那时，望仙桥河下有家吃食摊，摊主夫妻俩靠卖油煎饼为生。他们听到岳飞父子被害消息，眼见秦桧依旧每天坐着八人大轿，鸣锣喝道从门口经过，气得咬牙切齿，暗暗骂道：“这个奸贼应该千刀万剐，下油锅、食其肉，才解我们的心头恨啊！”

一天，丈夫看见秦桧坐轿经过门口，好不气恼拿起面刀，“扑”地一刀切下一团面团，捏了个翘胡子的面人，问老婆：“你看像不像秦桧老贼？”老婆说：“哈，还真有些像秦桧哩！”

丈夫拿起面人，狠狠地说：“油炸秦桧！”便向滚滚的油锅里一丢，“吱”的一声，炸成黄焦焦的啦！老婆一看，这办法可解恨，也随手拿起面刀，“扑”地一刀，切下一面团，捏了个翘嘴巴的面人，问丈夫：“你看像不像王氏？”丈夫点点头。他老婆也拿起面人说：“油炸王氏！”向滚滚的油锅里一丢，“吱”的一声，说也奇怪，这面人王氏在油锅里一滚，与面人秦桧紧紧绞在一起了。

夫妻俩把油炸面人捞起，一人一半，边吃边骂：“吃了你这奸贼，方解心头之恨！”

夫妻俩就这样每天看着秦桧经过，每天做油炸秦桧，开始只是自己吃，后来分给亲戚朋友、左邻右舍吃。大家吃了都说：“吃油炸秦桧，好比吃秦桧的肉、嚼秦桧的骨，好不解恨啊！”“哈，不但解恨，还又香又脆，味道不错！”“又好吃，又解恨，何不做些油炸秦桧来卖啊？”

“对啊！让大家都来吃油炸秦桧。”街坊乡亲听说卖油炸秦桧，都争着来买，生意越来越好。后来，来不及做，就将面团切成条条，两条一扭就算秦桧王氏了。“油炸秦桧”叫起来太露骨，后来大家就叫它“油炸桧儿”。

“油炸桧儿”又好吃，又便宜，从此，卖“油炸桧儿”的小摊，越来越多，且遍布城乡，一直流传至今。

搜集整理者：莫高

油炸桧儿（二）

很早很早的时候，杭州街市小吃摊只卖烧饼。油条据说是小康王建都临安以后才有的。这油条当初叫“油炸桧儿”，说起来还有一段有趣的故事。

南宋年间，奸相秦桧和他的老婆王氏设下阴谋，把尽忠报国的岳飞害死在风波亭。这起大冤案一传开，激起了众百姓的万丈怒火。百姓们三五成群在茶馆酒店议论纷纷。

在鼓楼城下，有一个专卖油炸粽子的店，店家叫王五，听了岳飞遭害的消息，恨不得插翅飞进宫廷去，千刀万剐秦桧夫妇。可是皇城围墙高高，里头戒备森严，一时难以下手。

王家隔壁有个做烧饼的摊，摊主叫赵六，与王五是好朋友。一天晚上，两人吃酒谈天，一谈两谈谈到了岳飞遇害的事。王五说：“秦桧这坏东西，若是落在我手里，定要把他放在油锅里煎。”赵六听了，一拍大腿，连连叫：“好！”“可是人一时三刻抓不到怎么办？”“不要紧，明天我先捏几个面人儿放在你油锅里炸，出出这口怨气。”王五听了连连点头。

第二天一早，王五生炉子，赵六做面团。赵六用面团做了一个秦桧头，下面拖个长身子，一口气做了七七四十九个。王五说：“不能便宜了秦桧的臭婆娘。”赵六又做了四十九个王氏样子的面团。赵六把秦桧、王氏两种面团背靠背粘在一起，一共粘了四十九对，一对对放在油锅里炸。他们边炸边叫：“油炸桧儿好吃来，吃油炸桧儿来！”

杭州人素来有“杭儿风”。一听出了个新名字“油炸桧儿”，就从四面八方赶来看稀奇。一看，油锅里氽着好几对人样的面条，肚里都明白了八九分。这时，王五将油锅里捞起来的油炸桧儿一条一条分给围观的众人尝。大家放在嘴里一咬，刮辣松脆[1]，喷香喷香，连声叫“崭[2]！”

王五、赵六一听大家都叫好，干脆合伙做生意，一个做烧饼，一个做油炸桧儿。开头，做油炸桧儿面粉捏成人头样，后来觉得太费工夫，买的人一多来不及，

① 刮辣松脆：杭州方言，形容食物入口酥松易碎。

② 崭：杭州方言，犹好。

就改成长条，每条六七寸，两条合一条，算是将秦桧夫妇绑在一起，再放到油锅里去炸。

鼓楼边做油炸桧儿的消息一传两传，传遍了临安城，赶来看、赶来学的烧饼师傅连续不断。从此以后，临安城里卖烧饼的摊又增加了一件生意——油炸桧儿。后来，有的人为了叫着方便，把这种一条一条在油里炸的东西叫成“油条”。不过，今天仍有人把油条叫成“油炸桧儿”。

讲述者：杨乃钊、王冕山　记录整理者：应志良

杭州“葱包桧”

一提“葱包桧”，杭州城里的男女老少无人不晓，无人不吃。它不仅价廉、味好，且与杭州人的传统文化密不可分，也凸显了杭人的是非观念，折射出历史长河中的一段凄凉故事。

宋代，金军大举入侵，攻陷京师开封，掳掠“二帝”，康王赵构在临安（今杭州）称帝，形成南北对峙局面。绍兴十年（1140）金军九次挥兵南侵。在强敌压境之下，宋军节节败退，唯独岳飞率领的军队大败金兵，挥兵八千里，直捣河南的朱仙镇……故都开封府已近在咫尺，全国上下人心为之一振。

未料，正待收复河山之时，岳飞却被朝廷用十二道金牌召回，朝中奸相秦桧等人以“莫须有”（可能有）之罪将其处死。

赵构决意要杀岳飞，一是惧怕迎回“二帝”后，须让位给先帝而丢了皇位；二是有“大将在外，握有重兵，功高盖主，恐有不测”的心患。

又过了二十年，杭州城里有一个小贩叫王小顺，幼年随父母从开封府流落至临安，在望仙桥下开煎饼店。一日，他的油条做得多了，冷油条又软又韧，味道不好，一时无人购买。于是，小顺用薄面饼（春饼）把冷油条包起来，放上葱段，在平底铁锅上一热，然后用棒一压，等烤到面饼表皮呈金黄色、在锅中“吱吱”作响时取出来，大声吆喝着：“吃油炸桧喽，吃油炸桧喽。”他一边制饼，一边招揽顾客，路人纷纷围过来。王小顺将卷着油条、葱段的薄饼拌了甜面酱、辣酱卖给路人。

大家一吃，油条酥脆，春饼葱香可口，咸辣相宜，味道极好，纷纷掏钱购买。生意逐渐兴隆，未久，便成为临安城里的一款著名小吃。小顺索性就将此食品取名“葱包桧”。杭州人喜食葱包桧，不仅因为好吃，而且“解恨”。

这款名肴葱包桧及它流传的故事，正是杭人明辨是非的证据。

搜集整理者：龚励

天香桂落成栗羹

桂花鲜栗羹，是杭州一种颇有地方特色的传统名点。古时，杭州就以“荷花十里桂三秋”的景色著称。这种点心用西湖藕粉做羹，先调入糖，然后加入鲜栗片、撒上桂花，精制而成。颜色呈红黄绿白，绚丽多彩；吃起来栗片脆嫩，藕羹稠浓，桂花芳香，清甜适口。它既是饱览湖光山色时的助兴佳品，又是酒席欢宴上必不可少的名贵点心。

传说，自从嫦娥偷吃仙药升了天，飞进月宫，一住就是千万年。在这漫长的年月里，嫦娥身边除了有一只玉兔在捣药，孤单单的连一个能同自己说心里话的人也没有，寂寞冷清，好生没趣。到了汉朝，吴刚因为在学仙修道时触犯了天条，被押至月宫砍伐一棵五百丈高的大桂树，待桂树砍倒才能回家。这样一来，正合嫦娥的心意。她想，这回可有了一个能同自己拉呱解闷的人了。哪里想到，那棵桂树好生神奇，只见吴刚抡起了大斧，用力劈将下去，刚拔出斧头，裂痕又长好了，砍来砍去，怎么也砍不倒。吴刚日夜不停地砍呀，砍呀，哪里还有工夫同嫦娥聊天呢。

又过去几百年，到了唐朝。有一年中秋的夜晚，皎洁的月光把神州大地照得晶亮。常言道“每逢佳节倍思亲”，嫦娥在月宫里，忍不住对故乡的思念，俯身凝望着人间的秀丽风光，触景生情，禁不住翩翩起舞。吴刚陶醉于嫦娥婀娜的舞姿，不由得和着节拍，手舞足蹈，使劲砍击起来。他越砍击越起劲，震得天香桂子落纷纷。嫦娥见到这种情景，心想：何不把掉下来的桂子传给苏杭，让月中桂花在人间天堂飘香！她停下舞步，拾起桂子不停地掷往苏杭，寄情于故国亲人。

中秋节的半夜时分，杭州灵隐寺的烧饭师傅德明起身去厨房烧栗子粥，忽见无数好像珍珠一样的小颗粒从月中洒落下来。他顺手拈起两三颗放在手掌心里，一阵芳香沁人肺腑。于是，他急忙把四下散落的桂花收拣了起来。清晨，他把桂花撒入栗子粥里，盛给大家吃。全寺众僧都称这餐粥奇美，问他是用什么做的。德明便把夜里看到的情景告诉大家，众僧更认为这是一大神奇。德明十分高兴，就把拣来的桂子种在山坡上，好让杭州百姓见识见识月宫里的桂树。

种下的桂子很快就抽芽生长起来，到了第二年中秋节，便长成桂树，开了花。那花儿有橙黄的、洁白的、绯红的，色彩艳丽，飘香万里。从此，西湖四周就有了金桂、银桂、丹桂等桂花。用桂花做成的栗子粥，经不断改进，又做成桂花鲜栗羹，广泛流传于天下。明朝的沈云琰曾专门写诗赞道：

微云澹澹碧天空，丛桂香生细细风。
百顷西湖一明月，此身已在广寒宫。

现在，桂花已被选为杭州的“市花”。

搜集整理者：西野

桂花鲜栗羹

唐朝时，杭州灵隐寺已成江南名刹，号称九楼十八阁七十二殿堂，有屋宇上千，僧徒几百。寺里有个烧饭师傅，名叫德明，每天都要半夜起来为众僧烧粥。

这天半夜，德明师傅正在烧粥，只见天井里有无数小颗粒从天上飘落。他抬起头一看，是一朵朵金黄色的小花，闻闻还有一股香味。他觉得这一定是稀罕之物，便一一拾起装进口袋里。

德明师傅是个勤快人，平时烧粥总想着换点花样，调剂调剂众僧的口味。今天他特地在粥里加进点糖烧鲜栗片，放到嘴边尝一尝，觉得还不够香，倒是口袋里的花瓣香味一阵阵扑鼻而来，于是，他抓了一把撒在粥里。

早上，僧众们来喝粥，见今天的粥香味扑鼻，清甜可口，都赞不绝口，纷纷向德明师傅打听这粥是用什么烧的。德明便将昨夜里发现天上飘落花瓣的事讲了出来，大家都觉得很奇怪。

这天晚上，德明翻来覆去睡不着觉，心里还想着那桩事，想着想着，不觉来到了天上。广寒宫里，嫦娥仙子倚栏遥望人间。看见号称人间天堂的杭州风景，动了思凡之情，于是舒展长袖，翩翩起舞起来。旁边的吴刚见了，放下伐桂的斧头，敲着桂树，为嫦娥打拍子，直敲得桂树抖动，天香桂子纷纷飘落……

德明师傅一下惊醒，原来刚才是自己做了一个梦。看看天色，已经过了烧粥的时辰。他赶紧起身，跑到天井里一看，又是一地的花瓣。他这才明白，原来这是天上嫦娥送给人间的桂花。

德明师傅想：既然这样，我何不把它种起来，让更多的人都能吃到这桂花粥。

第二年，种下的桂子成树开花了。后来，种的人越来越多，西湖四周和杭州城里的街巷庭院都可以见到，不仅有橙黄的金桂，还有洁白的银桂、绯红的丹桂。

而德明师傅首创的桂花鲜栗粥，经过厨师的改进，特别是采用西湖纯藕粉做羹，味道更加鲜美了。这就是现在有名的桂花鲜栗羹。

搜集整理者：吕洪年

知味观的猫耳朵

乾隆皇帝第一次南巡时，到了杭州。一天，他带了一名贴心的小内侍，打扮成客商，去逛西湖。两人来到“柳浪闻莺”，见停靠着十几只小划子和两三只大船。小内侍雇了一只紫红色大船，船内中舱里桌、椅、卧榻俱全，只要支起镂空的明瓦窗架，客人就可以倚在船栏上，尽情地观赏湖中景色。

船家是祖孙两个。老船家须眉皆白，可紫铜色的脸上透着红光，看上去身板还很硬实；小船家是个十五六岁的小姑娘，头梳双髻，鬓插野花，眉清目秀，稚气未泯，怀中还抱着一只玳瑁色的小花猫，在望着客人微笑。

内侍小心地搀扶乾隆走过独木跳板，进了中舱。那船儿就悠悠忽忽地直往湖心荡去。湖堤边，雷峰宝塔，净慈禅寺，都渐渐地往船后移去……

俗话说：“人有旦夕祸福，天有不测风云。”适才还是晴空万里，弹指间，却风起云涌，水浪起落。那船儿不由得随波摇晃起来，慌得小内侍急急忙忙对老船家说：“快找一个妥善处避避风雨。”老船家答应了一声，就招呼小孙女将船撑到附近一座桥洞中暂歇。不多会儿，狂风夹着急雨迎面扑来，乾隆不由得打了个冷战，忙唤内侍将门窗关好，又对内侍言道：“朕有些饥寒，快取碗面片汤来与朕充饥御寒。”内侍一听，明知在这游船上做面片汤实在不容易，但皇上金口玉言，只得唯唯诺诺。他走到船头，将主人又冷又饿想吃面片汤的事告诉老船家。老船家沉吟了一会说：“面粉、佐料船上倒有，只是我们江南人不会擀面片，而且，也没有擀面杖，马马虎虎做一碗疙瘩汤倒不犯难。”小内侍道：“我主人平日口味极高，吃疙瘩汤如何使得？老人家务必再想想办法。”这时，小孙女忽道：“没有擀面杖，我也会做面片汤。”内侍一听喜出望外，连忙说道：“若是姑娘做得面片汤，一定重重酬谢。”说罢，朝着姑娘又打躬又作揖。小姑娘走到后舱，从船板下的一只铜盆里舀出一碗当天早上抓到的、还活蹦乱跳的大虾。她仔细地剪去大虾头须，又将红泥小风炉煽旺，把虾放入锅中煮成半锅虾汤。再将面粉和好，搓成一个个小圆子，然后用大拇指一捻，就成了一个卷形的小薄面片。她一连气儿做了满满一小碗，再将锅中的熟虾捞出，将小圆面片下锅煮熟，放进料酒、生姜、盐、香葱，稍一搅和，盛在一只蓝花碗里，上面撒上些干虾籽和胡椒粉；碗里放进一只汤匙。收拾停当，便唤小内侍送进舱去。

乾隆正在舱中来回踱步，忽觉一阵香味扑鼻而来。舱门开处，小内侍双手捧着一碗点心进来，恭恭敬敬地放在桌子上。乾隆一看，碗内盛着一个个既不像面片、又不像面条的小面片卷儿；乳白色的清汤，上面浮着鲜红色的干虾籽；一阵阵胡椒香味直钻鼻孔。他端起碗来喝了一口，只觉得热腾腾、辣乎乎，又鲜又美，一股暖流顺着喉咙直透肠腑，真是舒服极了。再用汤匙舀两只小面片卷儿放进嘴里一嚼，又韧、又糯，十分可口！不由得捧起来吃了个碗底朝天。他放下空碗，脱口赞道：“美哉，今日之汤也！”遂向内侍问道：“此汤何名？怎么朕从未吃过？”内侍道：“此汤是船上小女孩儿所做，不知何名。”乾隆就吩咐把那女孩儿带进来。小姑娘走进中舱向乾隆请了个安。乾隆见小姑娘长得干干净净，十分灵秀，便问：“刚才的汤叫什么名字？”这小面片卷儿是小姑娘随意做成的，哪有什么汤名？她正为难，一低头，见跟在身旁的小花猫围着自己的脚缠来绕去，就俯下身子将它抱了起来。那小花猫乖乖地依偎在她怀里，睁着碧绿的大眼睛，一对耳朵前后左右转动个不停。小姑娘灵机一动，巧妙而调皮地说：“嘻嘻，叫‘猫耳朵’。”乾隆听了，朝小花猫的耳朵看了看，感到确实有些相像。他心里很欢喜这又聪敏又灵巧的船姑，就从身上取出一块碧玉麒麟递给姑娘道：“这一块碧玉佩，就送给你将来出阁时作添妆之用吧。”船姑含羞道谢了一声，抱着小花猫跑到后舱去了。

一时，云散雨停，游船继续载着乾隆和小内侍到各处游玩。天近黄昏，主仆二人才登岸离去。临别时，内侍悄悄地对船家说道：“我主人就是当今的皇上，赐给姑娘的玉佩是稀世珍奇，千万要藏好了。”这两句话，惊得船上祖孙两个目瞪口呆。

后来，姑娘长大，嫁给一位点心店的老板。店里生意总是平平，无甚起色。一天，姑娘透露了玉佩的来历，老板觉得这是一个发财的好机会，很快就在店门口挂出了“御尝特制名点猫耳朵，独家经营，并无分店”的牌子，同时，还在汤里增添了火腿丁、鸡脯丁、虾仁、干贝等物，果然受到顾客的欢迎。

这传说已渐渐地鲜为青年人所知，但老人们总是津津乐道，一直讲到如今。现在，杭州知味观点心店，仍然独家经营这道猫耳朵。

搜集整理者：韩德珠

鸡丝蘑菇面

早先祥符三宝附近有一个庵，叫静寺庵。那一年，有个皇帝南巡，曾到过这个庵。这天，庵堂里的尼姑们正在杀鸡吃，听说皇帝来到了庵堂，非常害怕，马上把刚杀好的鸡藏了起来。皇帝到了庵堂后，吩咐尼姑准备用餐。这一下可急坏了尼姑们，因为她们平时偷荤，所以庵堂里没有现存的素菜。不知哪个尼姑想出了一个好办法，说："鸡肉不是很像蘑菇肉吗？我们把鸡的皮剥掉，鸡肉切成丝，烧进面里，不就可以充当蘑菇面了吗？"于是尼姑们动手做了这样一碗面。

皇帝吃了这碗"蘑菇面"，觉得味道鲜美无比，称赞尼姑们做的面好吃。

回宫后，他命令宫内的厨子照他的讲法去做蘑菇面。结果味道差极了，远比不上庵堂里的那碗"蘑菇面"好吃。皇帝责怪他无用，堂堂皇宫里的厨子烧出来的面还比不上庵堂里的尼姑。一气之下，把他斩了。他又叫了宫内最好的厨子来烧，可烧出来的面也不如尼姑们烧的味道好。皇帝说他无用，又把他给斩了。就这样他一连斩了一百九十九个，直到第二百个厨子烧出来的面仍是不如庵堂里的那碗面，皇帝开始有了怀疑：难道宫里的这么多厨子都是废物？他决定再次到静寺庵看个究竟。

皇帝化装成老百姓来到静寺庵，一看，尼姑正在吃鸡肉。这鸡肉丝活像面碗里的蘑菇丝，心中明白了几分。他命身边保驾兵丁抓来一个尼姑，一问，原来，"蘑菇面"就是鸡丝面。皇上立即下令把庵堂里的尼姑都抓了，把庵堂整个封了起来。人们扒开庵堂厨房的灶头时，发现里面塞满了鸡鸭鱼猪的骨头。

从此这个静寺庵就彻底给毁了，然而鸡丝面却一直传了下来，人们还经常烧来吃，放入一些蘑菇后，就叫"鸡丝蘑菇面"。

讲述者：沈水根　记录整理者：钱洪平

喜麻汤圆

相传，在铜鉴湖东面的袁家浦有个叫“许家”的地方，村里有个叫许长华的人，他的老婆姓马。夫妻俩在街上开有一家小吃店，这个店的店名叫“许马元宵店”。

许长华的老婆是北方人，拥有一手元宵制作的绝技。出自她手的元宵小巧玲珑，做工精致，个头圆圆的，像十五的月亮，如桂圆肉那么大，白白的，里面装着香喷喷的芝麻馅，不仅外形吸引人，而且吃起来滑爽细腻，伴着一股浓浓的幽香，让人回味无穷。因此，小吃店以元宵为主打点心，吸引着方圆十里的客人，生意做得蛮红火。一家人也是为人善良，节俭持家，日子过得还算不错。

1916年正月初八那天，人们还在忙着走亲访友拜大年，可“许马元宵店”已经挂出了“开张营业”的牌子。虽然还是拜年吃饭的热闹日子，可是“许马元宵店”的店门一开，一下就拥进来好几十个客人，把小店挤得满满的。他们基本都是“回头客”，是冲着许长华老婆的手工元宵来的。夫妻俩很是开心，老婆忙着制作元宵，老公忙着生火烧水，热情地招待着客人。

正在夫妻俩忙得不可开交之时，忽听店门口传来“咣当”一声轰响。许长华抬头一看，是一个穿着官服模样的人把小店挂在门口的牌子给砸了。这人气势汹汹，身边还带着手持兵器的四个随从。见此情景，许长华赶紧迎了上去，露出一副笑脸，说：“官爷，小人一直做的是正当生意，不知官爷为何砸我招牌？”

谁知，那官爷的回话让许长华吓出了一身冷汗，他说：“去年年底，大总统袁世凯已正式称帝，建元洪宪。你这店里却还挂着带有‘元宵’的招牌，这‘元宵’谐音‘袁消’。你这是侮辱皇帝，我砸你招牌还是小事，你可知这已犯了杀头之罪啊！”

许长华一听，慌忙解释说：“官爷，我这店已经开张五年了，我们一直挂着这块招牌，这‘元宵’的名字也是我老婆从娘家带过来的。听官爷说，这袁世凯也是刚刚才登基称皇帝，小人实在是不知道这档子事啊！”

这时候，店里的客人也纷纷站出来为店家说话，一个说：“是啊！这位官爷，有句话不是说‘不知者无罪’嘛！他这个店一直以来都叫元宵店，卖的也是他老婆做的元宵。许老板是个老实人，谅他也没有这个胆子敢侮辱皇帝。”

另一个说：“我们这里袁家浦的人都是姓袁的，我们也不认为他这个‘元宵’是要灭我们姓袁的人呀！我们也一直没有去怪他卖元宵呀！”那官爷执行这项公务本就有抵触，听了众人的一番话，也觉得就是这么个理。可想想不用点手段回去也不好向官府交差，于是就撂下一句话，说：“要想免罪，就得改掉店名，以后也不得再卖‘元宵’。否则，还是死罪！”

许长华虽然逃过一劫，但这官爷撂下的这句话却把他给难住了。改店名倒是容易，可是这元宵是店里的招牌点心，以后不能卖了，我还能卖什么呢？总归老婆做好的这一大桶元宵是不能卖了，只能拿回家自己当饭吃了。

许长华夫妻俩关了店门，想了三天三夜也没有想出个头绪来。

这天，许长华一边在吃卖不出去的元宵，一边在想到底开什么店好，一不留神，元宵从嘴里滑了出来，掉到了一旁装芝麻粉的盆子里。他用筷子夹起来一看，元宵的四周沾满了芝麻粉，就准备将元宵扔了。这时，老婆跑了过来，说：“不要丢掉，看到你这个沾满芝麻粉的元宵，我想到了一个改进元宵的办法。我们以前是将芝麻粉作馅包在元宵里头，现在我们可以将芝麻粉沾在元宵的外面。以前我们是水煮，现在我们可以改为干蒸。他们不让我们叫元宵，我们就把它改名为‘汤圆’。我们的店名也可以改为‘许马汤圆店’。”

许长华一听，高兴得跳了起来，连说这个主意好。老婆说干就干，马上就做起了芝麻汤圆。她用揉捏成型的糯米粉熟料，搓成一个个滚圆滚圆的小粉团，然后放到笼子里干蒸，出笼后再沾上事先炒制过的芝麻粉，顿时一股香甜的气味扑鼻而来。许长华用筷子夹起一个，放入嘴中，甜滋滋软绵绵的，连嘴里吐出来的气也夹带了浓浓的芝麻香。这酥嫩柔软的汤圆在他口中蹿来跳去，他那嘴里的口水也一下子溢了出来。

隔天，许长华把重开“许马汤圆店”的想法向袁家浦的族长进行了汇报，还带去了一碗热乎乎的“许马汤圆”。族长一听非常高兴，说：“这个主意太好了，不仅回避了侮辱当今皇帝的嫌疑，还传承了你们家的祖传美食，又给了当地乡民口福。”

族长考虑了一下又说：“许老板，我看趁此机会，你把这汤圆的名字再改进一下吧，这‘许马’虽然是你们夫妻俩的姓氏，但是作为一道点心的名称，总觉得俗气了一点，不妨改为‘喜麻汤圆’吧！这‘喜麻’跟‘许马’又是谐音，名称里依然暗藏着你们夫妻的姓氏。再说，这‘喜’包含了‘喜气、快乐、庆贺’之意，这‘麻’可以理解为芝麻，人家一看就知道这汤圆是芝麻做的，用‘喜麻汤圆’这个名称，说不定会让你们店的生意更加火爆呢！”

许长华听了一拍大腿说：“族长，你这个主意真是太好了，我就照您说的去做。”

第二天，许长华停业了一个礼拜的小吃店又重新开张了，小吃店的正门上方挂着“喜麻汤圆店”的新招牌。让他想不到的是，小吃店依然生意兴隆，不只是老客人一批接着一批地前来捧场，新客人也纷纷慕名而来。客人们吃了店里的喜麻汤圆，还买一些装罐带回家去，与家里人一起享用。

许长华家的店里虽然不卖元宵了，但袁世凯的皇位还是被“消”掉了。这袁世凯一共只做了83天皇帝，成了我国历史上“寿命”最短的皇帝之一。

而许长华家则是因祸得福，虽然改掉了店名，却成就了生意，来店里吃喜麻汤圆的客人是越来越多。后来，一些大户人家办喜事，还经常来请许家夫妇去做喜麻汤圆，专门给客人当点心，说是能给家里增加喜气。时间久了，喜麻汤圆竟然成了当地人办喜事的一道必备点心。

直到现在，铜鉴湖周边地区一直传承着这道具有历史文化底蕴的美食。今年，“喜麻汤圆”还入围“双浦乡村十大名菜（名点）”，被选送参加“西湖区寻味乡村美食美景大赛”活动。

选自：《铜鉴湖民间故事》

灵山三宝

铜鉴湖畔有个叫灵山的村庄，村里有一道传承了几百年的乡村名菜，名叫“灵山三宝”。这道乡村名菜不仅上过风水洞慈严寺住持慧日招待贵客的餐桌，还被唐代诗人白居易“点赞”过。

这到底是怎么一回事？故事还得从村里一个名叫阿宝的人说起。

这天，阿宝与年迈的母亲到风水洞旁的慈严寺进香。他们上完香出得门来，碰到慈严寺的住持慧日和尚，阿宝与他相熟，便上前和他打招呼。可是，慧日住持只是敷衍地应了一下，就自顾自转身走了。

平日里慧日住持见到阿宝都是热情相待，今日却是愁眉苦脸、唉声叹气，阿宝想，慧日住持一定是碰到了什么难题，便紧追几步，上前问道：“大师，看您愁容满面的，是不是遇到什么困难了？我能不能帮上您？”慧日住持想，阿宝经常来寺院，也不算什么外人，便把心事告诉了他。

原来，慧日的好友白居易今日要来寺院做客，但是寺院里的每道菜白居易大人都已尝过了，慧日想做几道不一样的菜品让白居易尝尝，可是寺院里的厨子都想不出新菜式来，他正为此事烦恼呢！

阿宝听了住持的话，笑着说：“要是住持不嫌我阿宝厨艺差，我倒是有一个新菜品，可以做给白居易大人尝尝。我这个菜的食材还都是我们山上常见的，保证全素烧制，不会给寺院添乱。”慧日住持疑惑地问道：“是要哪些食材呢？”阿宝道：“就是我们山上的鞭笋、南瓜花和桑叶。”慧日住持心想，这鞭笋平常倒是经常食用，但这南瓜花和桑叶，还是第一次听说可以用来做菜，自己想了半天也没有想出一道好菜，就让阿宝试试吧，便说道：“这个好办，我们寺院后山就有这些食材。”说罢，叫几个小和尚上山采摘。

不一会儿，小和尚们就提着这些食材回来了。见客人已在厢房就座，阿宝立即清洗食材，很熟练地把菜做好了。小和尚随即把这道菜端去厢房招待白居易大人。白居易看着这道菜，发现此前从未见过，着实感到新鲜，便夹起一筷子尝了一下，顿觉味道鲜美无比，便问慧日住持这是什么菜。

慧日大师摇着头说：“白兄啊，我是真不知这道菜的名字！为了给您换个新菜式，我是绞尽脑汁也想不出一个新花样来，这是我的一个灵山小友特地为您烹制出来的。”说罢，便让小和尚把阿宝叫到厢房相问。阿宝见了白居易大人，上前作揖后便说起了这道菜的由来。

原来几年前，阿宝的母亲生了一种不知名的眼病，眼睛四周时常红肿疼痛，视力也日渐降低，到后来，连生活起居都成了问题。阿宝四处为母亲求医，得知江对岸有个医术高超的大夫，便背着母亲跋山涉水前去。大夫看了阿宝母亲的病情，开了一个方子让他去抓药。阿宝到了药店，店里的伙计一合算，竟然要好些银两。可阿宝家中十分贫穷，连饭都吃不饱，根本拿不出那么多钱来买药。阿宝只得离开药店，空着手往家里走去。

回到家中，阿宝在母亲的病榻前哽咽着说：“母亲，您含辛茹苦把我养大，可是孩儿不孝，未能让您过上一天好日子。今天连看病抓药的钱都没有，我对不起您啊！”这时，阿宝的堂伯刚好过来探望他的母亲。堂伯是个草头郎中，他看了一下药方，便对阿宝说：“侄儿啊，这药咱是买不起，那咱能不能来个食疗呢？我们灵山有很多花花草草，都是有清热解毒功效的。我从医书上就看到过桑叶有疏风散热、养肝明目之功效。”阿宝听了大伯的话，觉得很有道理，不仅连夜翻看了大伯的许多医书，还了解到灵山常见的鞭笋和南瓜花也有清热解毒的功效。他便将这三样食材变着花样，一日三餐做给母亲食用。

食用了一段时间，母亲的眼疾竟然慢慢好起来了，视力也日渐好起来。就这样，过了整整七七四十九天，阿宝母亲的视力真的就恢复了。这件事一传十，十传百，很快就传遍了整个灵山村。之后，村里人有个头疼脑热的，都会采用各种方法去食用这三样宝贝来清热解毒，发现真的效果蛮好。

白居易听了这个故事甚是感动，连连称赞阿宝是个既聪明又有孝心的好后生，还不断夸赞这道菜十分美味。慧日住持趁机说道：“白兄，您何不给这道好菜取个名字呢？”白居易沉思片刻，说道：“刚才听了阿宝的故事，我想，应该把这道菜取名为‘灵山三宝’。”就这样，“灵山三宝”这道菜一直被后人传承下来。

如今，但凡有贵客登门，人们总会用“灵山三宝”来招待客人。

选自：《铜鉴湖民间故事》

孝顺笋

龙井桥一带有一种“孝顺竹”，长出来的笋与众不同，根部鲜嫩、味美，而顶尖却坚硬难啃。

相传很早以前，龙井地方有一户人家，家中有母子两人，母亲年轻丧夫，艰难地抚养着她的独子。他们的屋后长着一片小竹林，每年春天小笋旺发时，母亲天天去挖笋当菜，把鲜嫩的笋尖给儿子吃，自己专吃老而无味的篰头。年复一年，儿子长大成人，母亲用所有的积蓄给儿子娶了媳妇，等到孙子出世时，她已满头白发了。

儿媳是个泼妇，常常虐待婆婆，每年开春她就逼婆婆上山去挖笋来当菜，夫妻俩和儿子吃鲜嫩的笋尖，婆婆依旧啃笋篰头。

一天，张果老下凡路过此地，看到这家的年轻夫妻和他们的儿子围坐在桌子边吃笋尖，而门口破凳子上坐着的老婆婆却在啃老篰头。张果老问那对年轻夫妇；“老人家牙齿不好，怎么啃得动老篰头？”儿媳说：“那老婆子从小吃惯了笋篰头，我们这是孝顺她。”张果老一听，嘿嘿一笑说：“如此说来，是命中注定你们吃笋尖的？以后都让你们吃笋尖，不后悔吗？”儿媳点点头。张果老走到后山竹林里，拔起一支竹笋，把它颠倒插在土中，便飘然而去。

从此，这里的笋就笋尖老、篰头嫩。那对夫妻发现这变化，知道是神仙在惩罚他们，就对老人孝顺起来。后人就把这种笋叫作“孝顺笋”。

讲述者：桂传兵　记录整理者：郑健

晒盐

老早的辰光，钱塘江边住着的人靠的是扨鱼开荒，勿晓得做盐板晒盐。有一年，一个渔民到江边拾柴，看见不远处停着一只凤凰。他听说过凤凰不落无宝之地，就等在一边，等到凤凰飞走了，连忙走过去，看看没有东西，他就用手挖。可是挖了好大一个洞，仍然没有东西。他想：难道这堆泥土会是宝？于是就把这堆泥土捧到屋里去。

来到屋里，他找来一块布把泥土包好，挂在堂前。就在这年子的五月里，碰着黄梅天，那块泥土流出水来，一滴一滴，滴在下面的一块木板上，在木板上留下一层白霜。那个人一看泥土流出来的水会变霜，感到奇怪，他用手指蘸了蘸，吃吃有咸味。他的老婆听说有味，就刮了一点下来，放进锅里烧菜，那菜变得有滋有味。这件事马上传开了，钱塘江边的人都去弄泥土，让它滴成水。后来，有人用盐板接泥土流出来的水晒成盐。从此，钱塘江边就有了晒盐的职业。

讲述者：邱长才　记录整理者：富关锦

贡粮“罗尖米”

乾隆皇帝南巡，到了杭州，一日，微服私访，在湖墅一家小店用饭。小二将白米饭端上，乾隆一闻，米饭好香，仔细察看碗中的饭粒，细细长长，晶莹洁白，不糯不烂，粒粒可分，与平时吃的米饭大不相同；吃了一口，略一咀嚼，味道甚好，柔软滑溜，微觉甘鲜。乾隆连声称赞：“好饭，好饭。”三下两下便吃了一碗，待店小二又端上饭来，便问：“店家，此饭是什么米煮的？”小二忙说：“回相公的话，我们用的是‘罗尖米’，钱塘的上等大米。”

乾隆回到行宫，便召见杭州府台，打听道：“你可知杭州市上有罗尖米吗？”府台战战兢兢地说：“回皇上，湖墅米行有罗尖米，只是价钱稍贵。”乾隆又问：“此米产于何地？”府台连连叩头，回道：“下官不知此米产于何方。”乾隆又发话，说道：“朕令你五日内查明罗尖米的产地，速备一百石上等罗尖米到京。”

杭州府台接了乾隆口谕，回到衙门，一面急差衙役到湖墅米市采购一百石运往京城，一面派人打听罗尖米产地。不日，有人报来，罗尖米产于钱塘孝女北乡安溪镇的罗村。

原来，罗村有一个罗员外，饱读诗书，又酷爱研究稻种，稻子抽穗时，总在田间转悠，细细观察，半生下来，选育出不少优良稻种。因这种稻米呈玉白色，光泽鲜润，形长而两头略尖，产于罗村，便取名“罗尖米”。罗村背靠大山，南临苕溪，昼夜温差大，适宜于水稻生长。此米的最大优点是胀性好，饭熟时，一揭锅，饭香扑鼻，口味特佳，味香而不醇，清而不淡，糯而不稠，和而不烂，堪称米中极品。

杭州府台急将罗尖米的种植、品质等写成详细奏折呈上，乾隆御览后，批道：“罗尖米实是米中之珍，即日起为朝廷专用米，不得有误。”

罗尖米列为贡品后，声名大振，湖墅米店一时供不应求。于是，湖墅米市将罗尖米按产地分了品级：安溪罗村产罗尖米列为极品，安溪产罗尖米为上品，钱塘产罗尖米为佳品，其他地方产的罗尖米为优品，而皇室贡品非安溪所产极品、上品罗尖米不用。

就这样，罗尖米便成了杭嘉湖乡村推广的优良品种。

口述者：金旭根　记录整理者：康烈华

湖埠乌龙蛋

“湖埠乌龙蛋”是湖埠地区的一道传统点心，不仅色香俱佳、味道鲜美，而且，其食材均为就地取材，烹制方便。说起这道传统点心，当地还流传着一个故事。

相传，在灵山的大坞山上，住着一户男主人叫郑本良的山民。郑本良一家勤劳本分，忠厚善良，祖祖辈辈靠种茶为生。郑本良上下八辈没有出过一个读书人，一直吃着没有文化的苦头，种的茶叶是丰产不丰收。他将茶叶拿到山下去卖，却被那些奸商盘剥，十几斤的上好茶叶，被奸商算计得没有两斤食盐好换。

郑本良一家对儿子郑小山寄予厚望，决心要把他培养成一个出人头地的文化人。夫妻俩省吃俭用，想尽办法攒钱送儿子到学堂去读书，家里的农活都不让儿子做，希望他全心读书，考取功名，光宗耀祖。这郑小山虽然有着烟酒不沾的好习惯，但却有一个怪癖，他从小喝着父母制作的九曲红梅茶长大，不但嗜茶如命，而且非要喝长在大坞山上的九曲红梅茶。用他自己的话说，只有喝到甜润浓郁的红茶，才会文思如泉滚滚而来。如果一天没有红茶陪伴，则头疼脑涨，文思枯竭，什么文章也写不出来。

有一年，郑小山下山参加乡试。感觉考场中好像少了点什么，坐在那里老是走神。眼看考试结束时间快到了，试卷还是空空。情急之中，郑小山便自作聪明地“妙笔生花”起来，写了一篇“品茶”文章。结果，文不对题，名落孙山，被人传为笑谈。

郑小山的母亲是个贤惠又能干的农妇，发誓一定要想方设法帮助儿子考取功名。这次儿子出了笑话，她就多长了个心眼，不管儿子在哪里，都保证让他能喝上大坞山上的九曲红梅茶。儿子在家读书写字，就为他泡上一杯热气腾腾的红茶。儿子外出会友作文，母亲就早早地包上一袋红茶放进他的布袋里。

光阴似箭，眼看乡试的时间又要到了，郑小山除了白天努力读书，晚上也时常用功到深夜。可是，渐渐地他有些吃不消了，因为晚上肚饥难熬，攻读无精打采，虽说有香甜的九曲红梅茶陪伴，但红茶再香也不能充饥呀。再说茶水喝多了，老要跑到屋外上茅房。冬夜里，外头寒风呼啸，他几次冻得发抖，还得了感冒。而且他茶水喝得太多，提神过度，整夜失眠。一个人白天夜里不睡觉，怎能撑得住？山上

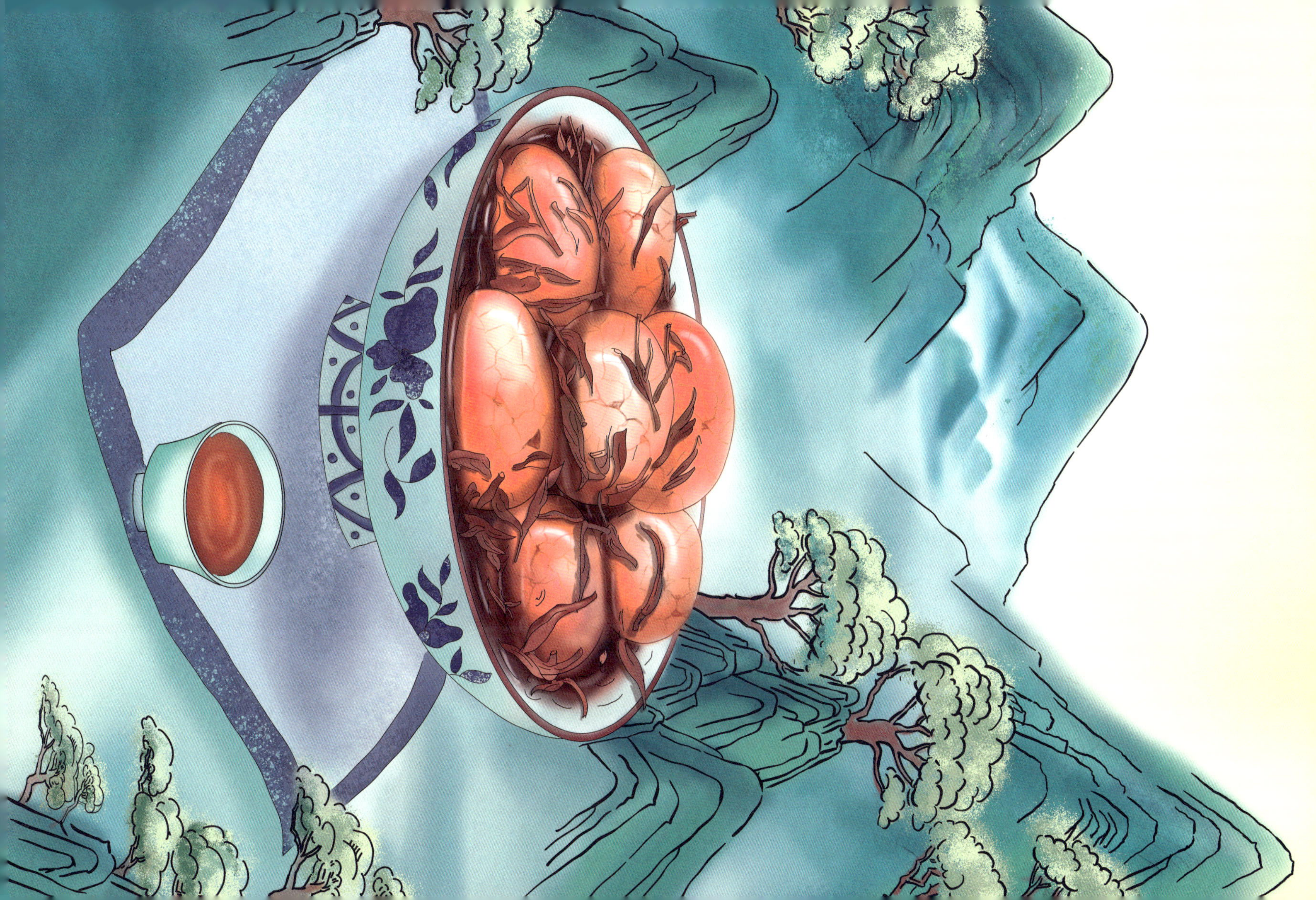

又没什么好点心可以填肚子，母亲想了个法子，把家里拿来换油盐的鸡蛋全部攒起来，煮熟后，让儿子当夜餐充饥。

然而这样，问题还是没有解决。郑小山的肚子是填饱了，可那茶瘾又上来了，脑子还是老走神，人坐在那里好像是老太婆念经，有口无心。看着儿子一天天消沉下去，做母亲的很是心疼。情急之下，聪明的母亲又想出了好办法：将九曲红梅茶叶和鸡蛋一起煮烧，烧好后放入用棉花缝制的保暖袋里，供儿子晚上当点心用。儿子见了，满心欢喜，那鸡蛋咬一口就有一股清爽的茶叶香味，不仅香松可口，更是沁人心脾，终于解决了茶瘾和肚饥两大难题。郑小山每天晚上吃茶香四溢的茶叶蛋，终于能静下心来，全力攻读，终于考中了状元。

大坞山上的郑家出了状元，左邻右舍纷纷赶来祝贺。郑家妻子细心照顾儿子攻读书文一事，被传为美谈。特别是她每天用九曲红梅烧出来的茶叶蛋，完美地解决了儿子的茶瘾和肚饥难题、使儿子专心读书考取状元的事感动了大家。此后，村里的山民们纷纷效仿，用茶叶蛋给攻读书文的孩子当点心。年长日久，这茶叶蛋就成了当地的一道传统点心。由于用九曲红梅茶烧出来的蛋是黑色的，人们给这种茶叶蛋取了一个好听的名字，叫作“湖埠乌龙蛋”。

直到现在，人们依然将湖埠乌龙蛋用作孩子高考的必备点心，以讨个高考中榜的彩头。

选自：《铜鉴湖民间故事》

泗乡蛋底

“泗乡蛋底”，是泗乡农村以鸡蛋为主食材烧制的一道农家菜，以其味道鲜美、营养丰富而深受当地人的喜爱。说起“泗乡蛋底”这道菜的由来，在铜鉴湖畔的湖埠里还流传着一个鲜为人知的传说。

话说那天，乾隆皇帝到了杭州，说要到明圣湖（即铜鉴湖）去看看。于是便轻车简从、乔装改扮，径直朝铜鉴湖而来。绕过定山脚，沿着石龙山，到了铜鉴湖，一行人游得很是尽兴，不知不觉已近中午。乾隆欲去云泉山的风水洞继续游玩，可是翻过陆家岭时，一行人顿觉饥肠辘辘、饿得心慌，便朝就近的一户农家走去。

乾隆一行进得院来，发现一村姑正在打扫院子。村姑名叫阿彩，见有客人来访，便热情接待，她一边搬椅让座，一边端碗冲茶。乾隆对阿彩说：“姑娘，我们是远道而来，现在感到有些饥饿，村庄里又找不到客栈饭庄，想麻烦姑娘做点便饭充饥，不知是否方便。”阿彩见客人不仅气质端庄，且慈眉善目，马上回说：“方便方便，各位客官请在堂屋稍作休息，小女子这就去给客官做饭。”说完一转身去了厨房。

阿彩进得厨房，发现真是没有什么菜肴可以招待客人，找遍整个菜橱也只有两片精肉、三块豆腐干和四根小竹笋。阿彩是个聪慧的姑娘，只见她不慌不忙，将事先淘净的大米放入柴锅，又从鸡窝里拾取四五个鸡蛋，一起打入一只大碗，加入少许盐后，用筷子把鸡蛋调成蛋浆，加上热水，放在饭架上，盖上锅盖后便开始点火烧饭。随后又将精肉、小竹笋、豆腐干切成丝状，在另一只锅子里煸炒，撒上葱花，一起放入经加热已凝固的蛋浆上。没过多时，锅里的饭菜已飘出了一阵阵香气。

阿彩拿了一瓶自家酿制的米酒放在桌上后，便去端那个热气腾腾的农家菜。当阿彩端出那碗色泽黄润、晶莹欲滴、香气扑鼻的水蒸蛋时，乾隆一行人看得眼睛都直了。喝着米酒，吃着铺在水蒸蛋上的佐料，一行人食欲大振，乾隆觉得这水蒸蛋实在是太好吃了，这菜不仅味道鲜美，且甘爽，实乃菜肴中难得的佳品。乾隆还用水蒸蛋拌饭，把整碗水蒸蛋吃了个底朝天。

见阿彩站在边上，乾隆问：“她这叫什么菜？”看到几位客官吃得有滋有味，连碗中蛋浆都淘得底朝天了，阿彩就把水蒸蛋说成了“四香蛋底”，意为由鸡蛋、精肉、笋丝和豆腐干四样食材烹饪而成的菜肴。

乾隆回到京城后，还是念念不忘那碗“四香蛋底”，就叫御厨去烧。结果，味道差极了，远远比不上阿彩烧的那碗好吃。堂堂皇宫里的厨师烧出来的菜还比不上小山村里的村姑，乾隆很是生气。他又叫宫内最好的厨师来烧，可仍不如阿彩烧出来的味道好。后来还是皇后娘娘提醒他，叫人去请村姑阿彩来烧。乾隆马上派人到湖埠里找到了那个阿彩，要她去宫里烧“四香蛋底”。得知上次来家里吃饭的是乾隆皇帝，阿彩又惊又喜，急忙换了套干净的衣服，随人去了京城。来到皇宫，见了乾隆忙跪下来求饶说：“皇上，小女子当时不知您光临寒舍，若有冒犯，请多多恕罪！”

乾隆见了，忙说：“不知者无罪，快快请起。朕回宫后，一直思念着你做的那碗‘四香蛋底’，这碗菜实在太好吃了！”阿彩听了回话说：“皇上，这应该是‘肚饥好吃食’的缘故吧！那天，诸位肚子饿得慌，任何菜看到了嘴里都变得很好吃了。现在，您在皇宫里吃惯了山珍海味，这‘四香蛋底’哪里还吃得上口呀！”乾隆听了，觉得在理，但对这道菜还是朝思暮想，就叫御厨跟着阿彩学烧“四香蛋底”，还拿来御笔要为这道菜题名。因为阿彩讲的是土话，乾隆错把“四香蛋底”写成了“泗乡蛋底”，并赐为皇宫御菜。皇帝是天子，他都说这“蛋底”是“泗乡”人烧出来的，那么当地人就把这个地方叫“泗乡”了。

“泗乡蛋底”这道菜就从湖埠里进入了北京紫禁城，成了一道御菜。后来有一位御膳房的老厨师告老还乡，在他离开皇宫御膳房的时候，就把泗乡蛋底的制作方法带出了紫禁城，使这道来源于民间的美味佳肴重新回到了民间，进入了寻常百姓家。由于泗乡蛋底鲜嫩可口、香气四溢、味道鲜美，连皇帝吃了都念念不忘，很快就在泗乡声名鹊起，风行开来。

现在，这道菜肴已经成为泗乡人餐桌上的主打名菜，就连操办红白喜事，泗乡人都会用上这道泗乡蛋底。

选自：《铜鉴湖民间故事》

桑果子的来历

听老辈讲，桑树原来是没有桑果子的，光会长叶子。那么，桑果子是怎么来的呢？喏，这里还有个故事呢。

很早以前，和睦一带家家户户全都养蚕，养蚕的辰光辛苦得不得了，每天一早起来要出门搞桑叶，半夜五更还要爬起来喂蚕。有一户人家，有个童养媳，那阿婆娘待她很凶，家里样样生活都要她做，每天天蒙蒙亮就要赶她出门去摘桑叶，三更半夜要她起来喂蚕，而且还经常饭都不给她吃饱，总是让她饿着肚皮出门去摘桑叶。

这个童养媳的苦处，打动了一棵老桑树。这棵老桑树大约有百年了，已经成了精。这个桑树精看看童养媳罪过，当即动起了脑筋，就在桑树上变出了一种果子，让童养媳可以摘果子吃，填填肚皮。

这种果子甜滋滋，酸兮兮，味道很好。那童养媳吃得味道好，就向其他采桑叶的姑娘阿嫂介绍，于是大家都采来吃。由于这果子是长在桑树上的，所以大家便叫这种果子为“桑果子”。

讲述者：蒋正荣　记录整理者：蒋秀英

董桃

西溪董家湾，以董姓人家居多。村民除了勤于养鱼，还广植花果，杏、梨、樱桃等果品应有尽有，人们将董家湾誉称为“花果之地”。特别是桃树，房前屋后，河岸塘边，遍地皆是。奇怪的是，这些桃树虽长得枝繁叶茂，结出的桃子却是又小又硬，乏味得很。

话说乾隆皇帝与爱臣沈德潜等看完龙舟竞渡后，余兴未了，谈笑中不知不觉来到了董家湾。沈德潜见前面有一座茅草小屋，便请乾隆进去略作休息。

茅屋门边坐着一位端正慈祥、头戴兰花巾、正在专心织布的老妇人，见有人过来，忙下织机招呼道：“来者是客！进来坐坐，快进来坐坐。今日端午，又有贵客来，欢迎，欢迎！”乾隆等人进屋在桌边坐下，其他人静候一旁。老妇人热情地为每个人都沏了清茶，说道：“家里没有什么好吃的招待客人，只有一杯清茶。”说完，又从里屋拿出一盘个小而光鲜的桃子让乾隆吃，还热情地对周围的人说：“别站着了，客官随便坐。这茶是今年自家种自家炒的新茶，品品看，味道如何？这桃子是五月桃，并不好吃，只能试试鲜了。”看到沈德潜与侍从仍不为所动，老妇人急了，一把拉住沈德潜，对着坐在椅子上的乾隆帝继续言道：“看出来了，你和这位客官都是主子，都是好福相，可是你没有他体谅下人。这位客官一点架子都没有，一进屋就坐下。你的架子也太大了，你若不坐，其他人都不敢坐。你快坐下吧，让大伙都坐下，品品我沏的茶。”

“噢，不，不！大娘，我喜欢站，站惯了。”沈德潜一面解释，一面向侍从说道，“不客气，好，好，吃桃子，大家吃桃子。”

乾隆见侍从吃了没事，也就吃了起来，桃肉又硬又涩，味道不大好，乾隆不由地皱起了眉头。大娘见状，忙说：“不太好吃吧！别见怪，这是西溪乡下五月的油光桃，都这样。”

“还好，还好。大娘，这里的桃子明年一定会又大又甜，无比鲜美。”乾隆笑着对老妇人讲道。“真的？那就借您吉言了。”老妇人谈到今年春天从蒋村传来一首童谣，说是“乾隆、乾隆，万事兴隆”，“要是真的印证在我们董家的桃子上就好了！”

“会的，大娘。不过，桃花小姐十八年。”

“只有十八年？我们盼望有个八十年，那多好啊！”

“好，好。想八十年就八十年。”

“您真会说笑——吃茶吃茶。”

“好，董桃八十年，决不戏言。”乾隆站起，向大娘躬身告辞，“谢谢你，大娘。”

“记得明年有空再来，品好茶，吃又香又甜的桃子。”大娘乐呵呵地说。

果真第二年开春，董家湾一带的桃花开得格外鲜艳，真个十里绛雪，百里吐芳。到了五月，满树桃子个个饱满，只只硕大。特别是老大娘屋前的一株桃树，结的桃子大如饭碗，一口咬下去，鲜甜如蜂蜜，并且肉不粘核。董家村百姓惊呆了，西溪的百姓也惊喜不已，整个杭州的百姓都以吃到董家桃为乐。

董大娘对围着她的村民，洋溢着幸福的笑脸，将去年端午节外乡客官来家里的样子、话语，说了一遍又一遍。

一位老大爷左思右想：“决不戏言（君无戏言），对——一定是乾隆爷，当今皇上。那天他口旨‘龙舟盛会’后，又封了我们的桃子——董桃！真是喜从天降！”

自此，杭州西溪董家湾的“董桃”远近闻名，曾作为杭州的重要贡品直达皇宫。奇怪的是如果将桃树移到别处栽种，或将枝条嫁接到别处的桃树上，结出的桃子不但不甜，个头也返回到了原来模样。更奇怪的是，八十年后董家湾的桃子全部变回原来的品质，难道真的应验了“八十年”的说法？如今董家湾一带，桃树已近绝迹，难得有一株，那也是又小、又硬、又乏味的五月桃。

岁月如歌，人们仍然非常怀念当年鲜甜如蜜的董桃，特别是听着董桃故事长大的老人。董桃的美、董桃的鲜、董桃的甜，令百姓难以忘怀，至今仍不时地呈现在西溪历史的印记中。

选自：《西溪的传说》

千年柿树

一个秋日，吕洞宾路过西溪蒋村境内，在河渚的一棵柿子树下歇脚乘凉。忽然间从头顶落下一个火红的柿子，他捡起尝了一口，觉得味道鲜甜清口。抬头一看，树上尚有几百个红熟的柿子，心想何不邀请仙友们一起来品尝呢？于是他手挥拂尘，口中念念有词。片刻之间，仙友们腾云驾雾，在柿树前缓缓飘落。只见何仙姑把她的法器荷叶铺开，手轻轻一挥，树上的柿子开始“吧嗒吧嗒”地掉到荷叶上。众仙尝后，都觉得此火柿乃人间美味。尝罢，铁拐李葫芦喷彩烟，汉钟离摇扇把头点，张果老敲筒唱渔歌，何仙姑挥手跳仙舞，蓝采和捧篮献花果，吕洞宾舞剑行飞步，韩湘子口吹玉节箫，曹国舅手挥云板谱。八位仙人各显神通，好不惬意。

过了一会儿，吕洞宾对仙友说：“今日一饱口福，还请各位仙友赐些东西回报人间吧。”蓝采和说：“不劳各位仙友，我篮内有现成的奇花、异草、飞禽、走兽、游鱼、贝类、五谷、百果，人间所需应有尽有。”只见他从篮中随手抓了一把往空中抛去，各类果品杂粮随之从四面八方散落人间。铁拐李怕他变卦收回，用如意拐杖往土里一插，落泥数尺，于是这些果品杂粮便在人间生根了。众仙纷纷道好，齐问吕洞宾：“你叫我们赐物人间，那你呢？”吕洞宾抬头望了望柿子树，微笑着说：“你们等着吧，日后自会有人来册封这棵柿子树！”七位仙人同时掐指，大笑会意，各自仙游。果然，后来乾隆皇帝游西溪时，赐予这棵柿树以千年之寿①。

选自：《西溪的传说》

① 相传乾隆游西溪时赐封一棵柿子树为“柿千年”。

伍郎

“红灯笼，绿宝盖，人人见了人人爱”，说的是柿子。有道是“百年枇杷，千年柿”，说到柿子，有一个关于伍郎的美丽传说。

老底子的蒋村有个莫家庄，庄里有个外乡来的伍老大。他孤身一人，七七四十九了，还未成家，成了莫家庄有名的光棍汉。

初春的一天，时值惊蛰，有位四十左右的妇女，穿着一身又破又脏的衣服，乞讨到伍老大家门口。忽然风雨交加，伍老大热心地请妇女进屋暂避片刻。见那女子浑身湿透、饥寒交迫，伍老大顿生怜悯之心，连忙亲手端上一碗热气腾腾的姜汤，送到女子手中，请她快些服用。那女子也不推辞，服用后浑身感到暖洋洋的，又吃了伍老大送上的剩饭剩菜，口中千恩万谢，准备离去。可是，天公有意，直到黄昏，还是道道闪电，声声惊雷，风雨不停。伍老大欲留女子过夜，那女子也落落大方，留下不提。

原来，这位讨饭的女子也是无家可归，见眼前伍老大孤身一人，虽与她素不相识，但能热心款待，心想一定是苍天悯人，送给她一个好丈夫。当真是有缘千里来相会，一天、两天……乞讨的女子就在伍老大家安顿下来，两人一起过起了日子。好事传千里，伍老大终于当了称心如意的新郎，讨饭女子做了伍大娘。

第二年初春，又是一个风雨交加、电闪雷鸣的夜晚，伍大娘十月怀胎，开花结果。闪电当灯、雷声作爆，天遂人愿，伍大娘生了一个白白胖胖的男孩，取名“伍郎”。伍郎一天天成长，转眼到了十六岁，长得魁梧健壮。

又是一个初春的夜晚，时值惊蛰，娘对儿说：“你长大了，要孝敬爹爹。”“我会的。”“娘相信你，娘要回去了。”“回去？娘，你要去哪里啊？”“儿啊，若有人问起，就说娘去了很远、很远的外婆家……”伍大娘还没说完，忽然风雨交加，一道道闪电紧接着一声声惊雷，伍郎眼睁睁看着娘亲渐渐幻化成一缕青烟，冉冉上升，很快消失在暴风雨中。

此后，伍家父子俩相依为命，伍老大日日思念妻子，伍郎夜夜想念母亲。光阴似箭，日月如梭。仲秋的一个早上，伍郎去北高峰砍柴。中午时，伍郎背着一捆柴到半山腰的凉亭里歇脚，见有两位白发苍苍的老人家，一边下着棋，一边吃着红彤彤的果子，随手将扁圆的果核扔在地上。伍郎很是好奇，捡起一颗果核端详。“小伙子啊，好奇吗？”面前的一位老伯说道，“来，你也来尝尝！”伍郎一吃，啊，太好吃了，软软的，甜甜的，便问道：“大爷，这是什么果子，这么好吃？”“这是柿子树上结的果实，叫柿子。你们那儿没有吧？”“嗯，是没有。大爷，我能不能带几颗柿核回去栽种呢？”“好——好——不过你不能跟别人提起这柿核的来历，否则你会后悔的。”“嗯，我会记牢的。”伍郎拾起十几颗果核放进衣袋，正要回家，只见两位老人忽地变成两缕青烟，轻盈地上升，上升……很快就飘得无影无踪……

伍郎回到家，便与父亲一起将柿核种在房前屋后、塘堤河岸。几年后，柿树结出了火红火红的果子，有圆的也有方的。伍郎把果子分给左邻右舍品尝，众人都觉得味道甜美无比，于是纷纷将柿核收藏好，只等来年开春播种。好柿播千里，若干年后，柿树在西溪湿地蒋村、古荡、五常等地遍布。每到秋天，远远望去，一片火红，恰似万盏灯笼挂满枝。从此，“西溪火柿”在江南闻名遐迩。西溪因火柿红了，伍郎的家乡因火柿富了。俗话说，“饮水不忘掘井人”，乡亲们纷纷跑来感谢伍郎。

“不要谢我，不要谢我，要谢就谢北高峰上的两位恩人——”伍郎刚说到“两位恩人”，顿觉失言，戛然不语。话音犹在，却见伍郎已烟雾环身，像是要乘风归去。“伍郎你……”“伍郎你不能走！”“伍郎你不要走！”“伍郎你回来啊！”在众乡亲的呼喊声中，片刻间伍郎已化作了一缕青烟，袅袅飘升，直到很远很远……

乡亲们惊愕不已，而伍老大更是泣不成声。第二天天一亮，乡亲们发现伍老大家的草屋不见了，更让人惊奇的是草屋的原址上竟然长出了三株柿树。乡亲们正要走近，三株柿树突然化成了三股青烟，相互缠绕在一起，冉冉飘升，随风隐约传来了伍郎、伍老大、伍大娘的朗朗笑声。

乡亲们怀念伍老大、伍大娘，更加怀念为乡亲们作出贡献的伍郎，于是在莫家庄选了块向阳的土地，建造“伍郎庙”供奉柿祖伍郎，又在庙前的河上造了一座桥，取名“伍郎桥”。

时过境迁，伍郎庙已毁，但伍郎桥尚存，它犹如一位饱经沧桑的老人，诉说着过去的历史。如今每当柿子丰收的季节，人们仿佛仍能听到伍郎一家爽朗的笑声。

选自：《西溪的传说》

器物

蚕花娘子

蚕花娘子的家原先在半山的沟沟里。

早年间，杭州佛桥这个地方有一个聪明能干的小姑娘，名叫阿巧。阿巧九岁时，娘死了，丢下她和一个四岁的小弟弟。爹没法料理，又讨了一个后娘。这个后娘呀，却长了个蝎子的心，对阿巧姐弟又打又骂，可凶哩！

这年深冬腊月，有一天，后娘叫阿巧背着竹筐，冒着北风出去割羊草。在这天寒地冻的时候，哪里还有青草呀！阿巧从早晨跑到黄昏，从河边找到山腰，一丝嫩草也没有找到。她又冷又怕，就坐在半山腰上呜呜地哭了起来。哭着哭着，突然听到头顶上有一个声音说：“要割青草，半山沟沟！要割青草，半山沟沟！”

阿巧抬起头来，见一只白头颈鸟儿，扑棱棱地向山沟里飞去啦。她站起身，擦干眼泪，跟着白头颈鸟儿跑去。拐个弯，那白头颈鸟儿一下不见了。但见山沟上挺立着一株老松树，青葱葱的像把大伞，罩住了沟口。阿巧拔开树枝，绕过松树，忽地眼前一亮，看见一条弯弯曲曲的小溪淙淙地流着。小溪岸边花红草绿，美得像座春天的花园。

阿巧见着青草，就像拾到宝贝一样的欢喜，赶忙蹲下身子去割。她边割边走，越走越远，不知不觉之间，已经走到小溪的尽头了。

她割满一竹筐青草，站起来揩揩额角上的汗珠，却见前面不远的地方，有个穿白衣系白裙的姑姑，手里拎着一只细篾编的篮子，正在向她招手哩。那白衣姑姑笑嘻嘻地对阿巧说道：“小姑娘，真是稀客呀，到我们家里来住几天吧！”

阿巧抬头望去，眼前又是另一个世界：半山腰上有一排整齐的屋子，白粉墙、白盖瓦；屋前是一片矮树林，树叶绿油油的比巴掌还大；还有许多白衣姑姑，一个个拎着细篾篮子，一边笑，一边唱，在矮树林里采那鲜嫩的树叶。

阿巧见了很高兴，就在这里住下来啦。

从此以后，阿巧就跟白衣姑姑们一起，白天在矮树林里采摘嫩叶，夜晚用树叶喂着一种雪白的小虫儿。慢慢地，小虫儿长大了，吐出丝来结成一个个雪白雪白的花生果儿。白衣姑姑就教阿巧怎样将这些雪白雪白的花生果儿抽成油光晶亮的丝线，又怎样用树籽儿把丝线染上颜色：青籽儿染蓝丝线，红籽儿染赤丝线，黄籽儿染金丝线……白衣姑姑还告诉阿巧：这五光十色的丝线，是给天帝绣龙衣、给织女织云锦的。

阿巧住在山沟沟里，和白衣姑姑们一起采桑叶，一起喂天虫，一起抽丝线，日子过得很快活，一晃三个月过去了。

这天，阿巧忽然想起了弟弟。心想，叫弟弟也到这里来过过好日子吧！第二天天刚亮，她来不及告诉白衣姑姑，就自顾跑回家去了。临走的时候，阿巧还带走了一张撒满天虫卵的白纸。另外又装了两袋桑树籽，一路走，一路丢，心里想：明天照着桑树籽走回来就好啦。

阿巧回到家里一看，爹已经老了，弟弟也长成小伙子啦！爹见阿巧回来，又高兴又难过地问：“阿巧呀，你怎么去了十五年才回来？这些年你都在哪里呀？”

阿巧听了大吃一惊，就把怎样上山、怎样遇见白衣姑姑的经过告诉了她爹。左邻右舍知道了，都跑来看她，说她是遇上仙人啦。

第二天一早，阿巧想回到山沟沟去看看。刚跨出门，抬头望见沿路有一道绿油油的矮树林，原来她丢下的桑树籽都长成了树。她沿着树林，一直走到山沟沟里。山沟口那株老松树还是像把伞一样地罩着，再进去就找不到路了。

阿巧正在对着老松树发呆，忽见那只白头颈鸟儿又从老松树背后飞了出来，叫着：“阿巧偷宝！阿巧偷宝！”阿巧这才想起临走的时候没有和白衣姑姑说一声，还拿了一张天虫卵和两袋桑树籽，一定是白衣姑姑生了气，把路隐掉不让她再去了。于是，她回到家里，把天虫卵孵化成虫，又采来许多嫩桑叶喂养它，在家里养起天虫来。

打从这个时候开始，人间才有了天虫。后来人们将天虫两字并在一起，把它叫作“蚕”。据说，阿巧在半山沟沟里遇见的白衣姑姑，就是专门掌管养蚕的蚕花娘子哩。

养蚕是从杭州佛桥一带开始的。不久，便传到了邻近的县份，许多农村家家户户都育桑养蚕。因此，浙江的“下三府”，很早就成了全国产蚕丝著名的地方。

搜集整理者：宋光甫

蚕宝宝的来源

相传蒋村街尾有一位姓张的员外，家中良田百亩，富甲一方。不过美中不足的是员外膝下无儿无女，心中甚是烦恼！

有一天，张员外闷得慌，在街上闲逛，碰到一个老和尚，于是就向老和尚讨教玄机。老和尚说：“施主，上天看你家财万贯，却一毛不拔，所以让你后继无人！”

“大师可有化解的办法啊？”

“有，只要你多积善缘、广施恩泽，不多时日，你就会后继有人。”

员外顺从天命，回到家中，杀猪宰羊祭天，承诺今后将多做善事，只希望上天赐他一儿半女。于是从那天起，张员外修路造桥，对穷苦人家慷慨解囊，广结善缘。

终于在一年后，张员外的妻子生下一女。此女长得是白白嫩嫩，两只眼睛水汪汪，仿佛会说话一样，取名为银香。日子一天天过去了，女娃渐渐长大，聪明伶俐，很讨人喜欢。张员外对女儿更是百般宠爱，认为这是上天赐予他的珍宝。在银香年满十周岁的时候，张员外宴请十八桌，为女儿庆生。席间，员外送给银香一匹通体雪白的小白马作为生日礼物，银香见了直围着小白马转，甚是喜欢！

转眼间六年又过去了。当年的女娃银香出落得更加标致、动人，白马也长得高大、健壮。这时，上门提亲的人已是络绎不绝，搅得员外难以应酬，却没有一个称心的。经过再三思量，张员外决定外出择贤选婿。然而一去竟一月未归，家人个个急得如同热锅上的蚂蚁。于是，员外家人派出大量家仆去寻找张员外。银香也是忧心忡忡，一边抚摸着白马一边说：“白马啊白马，你可知道我有多担心爹爹啊，爹爹为了我的终身大事外出，说好无论结果如何，半个月之内必定回来的，现在都过去一个月了，我好担心啊！我的白马，你若通灵性，找到我爹爹，我就招你为郎！”只见白马双眼一亮，蹄儿一蹬，飞快地跑出了马厩。银香望着白马远去的背影，盼望它能早日找回爹爹。自己也整日吃斋礼佛，乞求上天让爹爹平安归来。

果然，不出三天，白马竟真的驮着张员外回来了，家人甚是欢喜。原来张员外在归来的路上被人抢了银两，饿昏在路上，幸亏白马把他驮回来。家人赶紧把员外抬进屋中，好生伺候。刚刚苏醒的张员外，仍然惦记着女儿的事，把女儿叫到跟前说：“女儿啊！为父外出这么些天，都没发现有合适的人选，为父年纪也大啦，我看你就嫁给李员外的小儿子吧？”“爹爹啊，并非女儿不答应，可是，女儿已向白马立誓，只要它能寻回爹爹，我就下嫁给它啊！”张员外笑道：“女儿你可真会说笑，人和畜生怎可成亲呢！”“爹爹，但女儿已与白马立誓，做人怎可言而无信呢！”张员外心想也对，但又不希望女儿嫁给白马。于是左思右想，费尽脑力，终于想到了一个办法。于是对女儿说道：“孩子，为父知道做人不可言而无信，但你也总不能嫁给白马吧！为父也是为你好啊！要不这样吧，我们来个抛绣球招亲，谁接到你的绣球，你就嫁给谁，这样无论谁接到，为父也没什么好说的！”银香不想让爹爹为难，于是就答应了。到了晚上，银香想想应该把这件事告诉白马，于是就偷偷地跑到马厩里，对白马说：“白马啊白马，爹爹不同意我俩之间的婚事，并非我失信于你，明天我就要抛绣球，我把你的缰绳解开，结果如何就由上天来决定吧。”说完就跑回了自己的闺房。

第二天，锣鼓震天响，张员外家门前挤满了人。在人们的翘首企盼中，张家银香小姐身穿红嫁衣，头罩一结纱，在丫鬟的搀扶下，莲步轻移，慢慢地走出闺阁。只见她轻轻地拿起放在托盘中的绣球，向前迈了几步，底下顿时一阵喧哗，人群如潮水般地向前拥去。银香心里想着白马，不知该往哪里抛，一会儿把球对着左边，一会儿又对着右边，人群也随着一会儿往左，一会儿往右。喧哗声越来越大，绣球不能不抛了，于是银香双眼一闭，左边右边一晃，猛地一抛。这时，传来一阵马蹄声，大家定神一看！绣球竟被腾空跃起的白马咬在嘴里！白马朝银香一点头，健步如飞离开了。周围的人们更是众说纷纭，有个乞丐说道：“哎，稀奇，稀奇真稀奇，美娇娘嫁白畜生，可笑至极，可笑至极！”

张员外见状口吐白沫，昏倒在地，张夫人也是瞠目结舌，他们夫妻俩怎么也想不到是这个结果。女儿不能嫁给白马啊！张员外左思右想，突地心中冒出一计：“妙啊！妙啊！真是妙啊！我怎么会没想到呢！”张员外把想法告诉了妻子，妻子一听连连认同。

当天晚上，白马正在吃饲料，猛然察觉头上寒光一闪，白马仰天悲鸣，死于刀下，本来明朗的夜空一下子阴沉了下来。此时银香正要就寝，忽闻马厩里传来一阵悲鸣，心中马上感觉到一阵撕心裂肺的痛。于是穿着单衣，赤着脚就向马厩奔去，只见白马已倒在血泊中，眼中含着泪水。银香冲上前，抱着白马痛哭，她一直哭了三天三夜，哭得肝肠寸断，双目失明。

第四天，银香命令仆人把白马的皮扒了下来，披在自己身上，披麻戴孝地把白马葬了。刚安葬完，突然狂风大作，雷电交加，只听一阵霹雳，霎时四周烟雾腾腾，只见张家大小姐披着白马皮飞身上天了。

话说第二年四月中旬，在一片绿无边际的桑树林中，每棵树上都有许多雪白的小虫，甚是可爱。人们都说银香与白马上天后生活美满，这些小虫是他们的宝宝变的。这些宝宝吃着嫩绿的桑叶吐着洁白的丝，大家都叫它们“蚕宝宝”。

当地心灵手巧的妇女把蚕宝宝吐出来的丝织成美丽光滑的布，这就是今天的丝绸。杭州作为丝绸之府，可不能忘了银香和白马的凄美爱情故事啊。

选自：《西溪的传说》

嫘祖养蚕织丝绸

京杭运河流经的杭嘉湖一带，素有“丝绸之府”之美称。这里农村家家种桑养蚕，户户缫丝织绸，人人尊崇机神轩辕黄帝和蚕神嫘祖，当然也流传了一则故事。

传说，远古时候，西陵有位叫嫘祖的公主，年轻美貌，聪明伶俐。部落里人人都喜爱她。有一天，嫘祖在一株桑树下，搭灶烧水。她一边向灶下添柴火，一边观望着桑树上白色的蚕虫吐丝作茧，越看越出神。忽然，一阵大风吹过，一只蚕茧从桑树上掉了下来，跌进烧沸的水锅里。嫘祖怕弄脏了开水，用了一根树枝去打捞蚕茧，谁知一捞两捞，蚕茧没有捞起，却捞起一根洁白透明的长长丝线，而且越拉越长，越拉越长，拉个不完。嫘祖又用一根短树枝将丝绕了起来，绕成很大一团。

嫘祖望着这一团洁白的丝线，忽然想起她和姑娘们一起用植物筋织布的情景，心中产生了用这种丝线来代替植物筋纺织的念头。她又采了几颗蚕茧绕成丝线，动手一试，果然织成了一块块白白的丝绸，向身上一披，又雪白柔软，又美丽漂亮，部落里的姑娘看了都感到十分惊喜。嫘祖开始教她们采集野外桑树上的蚕茧来抽丝线织绸，后来就自己采桑养蚕、缫丝织绸。

不久，轩辕部落与西陵部落联盟，聪明的嫘祖嫁给了轩辕部落首领。结婚时，嫘祖用自己织的丝绸做了一身漂亮的衣衫，还用凤仙花瓣将它染成红色，红艳照人，更加美丽；她给轩辕部落首领做了一身宽敞的衣裳，用黄栀子的果实染成黄色，金光闪闪，十分威武。从此，部落先民都称他为“黄帝”。

因为嫘祖最早开始采桑养蚕，后来的蚕农们就尊称她为“先蚕神”；又因为嫘祖最早用蚕丝织绸，后来的机坊织绸师傅就尊称她为“机神娘娘”。

从前，原下城一带机坊林立，机杼声日夜不息。机坊织绸师傅为求机神保佑他们织绸技艺精良，丝绸产销兴旺，特地在所巷地方建造了一座机神庙，塑了轩辕黄帝和嫘祖的像，春、秋两季供奉三牲五畜、焚香祭祀。直到现在，这里还叫机神庙巷，庙址则改为机神庙巷小学①。

搜集整理者：莫高

① 此处口述有误，实际已无机神庙巷，该庙址如今为杭州市东园小学，学校内仍可见机神庙文物遗迹。

蒋昆丑织“皓纱”

江山弄又名张纱弄，传说从前有个姓张的匠师，是个织绸的能手，他能织出各种图案的绫罗绸缎，所以远近闻名。到了明朝末年，这里又出了一个叫蒋昆丑的巧匠。他凭着祖传的一张织机，织出众人喜爱的绸缎，因此日子过得蛮不错。但没想到，很快，江山弄前前后后开出了许多织造作坊。昆丑虽然有一身好手艺，但是怎能敌得过这些资金雄厚、又善于钻营的作坊主？眼见人家织机一张张多起来，银钱一封封积起来，而自己手头却一天天拮据。他怨恨自己空有好本事，刬不过别人的苗头，所以他下了决心，要在织物上创出一点新花头。他苦苦思索了几天，跑遍了杭州所有绸庄，没有得到一点尺寸。一天午后，他坐在后楼窗前，听得蝉声“知了”“知了”叫个不停，更是心烦意乱，随手抄起了桌上的砚台丢向柳树。只见一群知了乱飞着离开柳枝，张开的蝉翼轻薄透明，丝丝阳光从翼面上透射过来，既美丽又神奇。他从蝉翼中获得了启发，一定要织出像蝉翼那样轻柔的绸。他日也思，夜也想，织了拆，拆了织，最后落机的是一种轻如蝉翼、有着疏疏大大的团花的轻柔的白绸子。这丈把的绸子能捏在拳里，做官的称它为“皓纱”，老百姓则叫它“蝉翼纱”。

大家都争着买蝉翼纱，北京的皇帝也要他进贡，还远销到日本、高句丽、印度。蒋昆丑也发起来了，造了大作坊，有一百多织工，在官巷口还开了大绸庄，一直到清朝，还是杭州织造户中的首富。

搜集整理者：雨蔓

砖头牌生丝

明清时期，杭嘉湖一带的蚕丝已闻名全国。新丝一上市，各地丝商便纷纷来了，下乡收购蚕户缫制的土丝，再运往交通便利的通商口岸去销售。

这一年，由于春茧歉收，丝市上生丝甚少，可前来购丝的外国客商为了多赚钱，除了拼命设法多收购土丝外，还在收购来的有限土丝中大做文章。不少人将生丝用水浸湿，外面再用干燥的丝裹着，这样，水也当作丝卖给外商了。

有一个丝商，看同行们往丝中掺水，总觉得有点伤天害理，可他又眼红别人多赚钱。他想了一个办法，在每捆生丝中间塞进了一块不大不小的砖头。砖头比水还重，钱也就赚得更多啦！

由于生丝甚少，那些外国客商也顾不得挑剔还价，见丝就购，凑足一船后，就急急启程。那时，交通不便，往来均靠帆船。几个月后，这批生丝才漂洋过海到达目的地。因丝中掺水，时间又长，运到的生丝几乎全都霉烂变质。外商长叹之余发现其中的一小部分完好未变，更奇怪的是，这些未变质的丝中间都有一块同样大小的砖头。这些丝本身没有掺水，是干燥的，而且砖头还能吸潮，所以完好无损。见这情景，外商呆住了，好半天才清醒过来，得出一条结论：塞有砖头的生丝才是中国质量最好的丝，这“砖头”一定是它的商标。

从第二年起，这些外商再来买丝时，便指名一定要买“砖头牌”生丝，丝里面没有砖头的他们还不要。就这样，砖头牌生丝莫名其妙地出了名。

讲述者：周学诗　记录整理者：丰国需

鲁妹造伞

早先，巧匠鲁班听说西湖的景致好，就带了妹妹从山东到杭州来。

这一天，鲁班和鲁妹到湖边游赏。只见太阳光芒金闪闪，西湖湖水亮晶晶，白堤桃花红，苏堤杨柳绿，果然好看。他们走走看看，看看走走，不觉来到“柳浪闻莺”。忽然，一阵大风刮过，天色变了，湖中翻着白浪，“唰唰唰”的春雨飘个不停，鲁班和鲁妹只好躲在一棵大树底下避雨。西湖雨景倒是很好看的，可是雨落得鲁班兄妹二人一身稀湿，再也没心思看西湖景致啦。鲁妹看着淋得像落汤鸡一样的哥哥，笑笑说：“哥哥呀，你的手艺这样巧，今朝碰到落雨天游湖便一点办法也没有啦！我想同你来比一比，各人自己去造个东西，要使人在落雨天也同样能游湖，看谁办法好。”

鲁班一听妹妹要同自己来比赛，差点笑出来，漫不经心地说：“好吧，比就比吧！但要定个时间，我说三天为期，如何？”鲁妹听了直摇头。鲁班说：“那你说要多少时间？不够再加吧。”鲁妹说：“今天一夜工夫，到鸡叫为止。”鲁班听了哈哈大笑，说：“好，好，好，统统依你。”

当夜，两人就分头干起活来。鲁班找来些木头，刨得光光洁洁，又雕上各种花样，在西湖边立起四根红彤彤的柱子，盖上顶，顶边还有四只翘耸耸的角，挂上四只“叮当叮当”响的铜铃，这就造好了第一座四角形的亭子。他在亭子里东看看，西望望，心里想：这下好了，千瓦盖顶，四面通光，哪怕雨落得再大，坐在亭子里也好看西湖景致啦！

鲁班造好亭子，回到屋里。看看他妹妹房里，还一点没有动静。又急急赶到西湖边，立起六根红彤彤的柱子，盖上顶，顶边还有六只翘耸耸的角，挂上六只“叮当叮当”响的铜铃，造了第二座六角形的亭子。

鲁班再看看他妹妹房里，还是一点没有动静。又在西湖边立起八根红彤彤的柱子，盖上顶，顶边还有八只翘耸耸的角，挂上八只“叮当叮当”响的铜铃，造了第三座八角形的亭子。

鲁班再看看他妹妹房间里，还是一点没有动静。又在西湖边造了第四座、第五座、第六座……一口气造了九座式样不同的亭子。正当鲁班开始造第十座亭子的时候，鲁妹偷偷地跑了出来，看到鲁班已经在西湖边造了九座亭子，正笑嘻嘻地在造第十座，忙得满头大汗。鲁妹就偷偷地学了一声鸡叫。

鲁班刚把第十座亭子造好三只翘耸耸的角，一听鸡叫，以为天亮了，就停工不再造了——这就是西湖三潭印月九曲桥上留下的那座三角亭。

过一会，“喔喔喔！”鸡真的啼了，随后天就亮了。朝霞映着红色的亭子，显得格外美丽。鲁班得意扬扬地坐在亭子里，看看自己一夜工夫造起来的十座亭子，心想：自己造得又快又好，妹妹今朝一定输啦！

忽然，他眼前一亮，好像迎面飞来了一只孔雀。定神一看，原来是妹妹从屋里走出来，把个东西向上一张，那东西立刻变得像亭子顶一样：四周有三十二只翘耸耸的角，每只角下面挂着黄澄澄的绸须须，上面遮着一块彩色绸子，绣着凤凰牡丹图。顶下只有一根“柱子”。

鲁班好奇地从妹妹手里拿过来，仔细一看，这东西是用山上的竹子做的，有三十二根长竹条、三十二根短竹条，长竹条与短竹条之间装有灵活的插销，要用时一张就散开来，不用时一收就缩拢去，真是又轻巧，又玲珑，又美观。鲁妹笑着对鲁班说：“哥哥，你一夜工夫造了十座亭子，我一夜工夫就造这‘半个亭子’，但这‘半个亭子’可以抵得上千千万万个亭子。落雨天你只好坐在亭子里面看西湖景致，我撑着这‘半个亭子’，可以走来走去，在湖边到处耍子。”

鲁班越看越有趣，笑着说：“好妹妹，你的心儿比我巧，你的手艺比我妙！”

鲁妹说：“不，哥哥，你的手艺当然比我高！你造的十座式样不同的亭子，不是把西湖景致打扮得更好看啦！我只不过受到你的启发，才造了这‘半个亭子’哩。”

从此，鲁班更尊重他的妹妹，遇事都要与她商量。据说，鲁班造的那些亭子，就是后来西湖十景里面的十座亭子。

鲁妹造的这“半个亭子”，因为在落雨天一张可以散开来，大家叫它“雨散”。后来，有个欢喜造字的人依着这“半个亭子”的样子，造出一个“傘”字。人们看看很像，就都用起“雨傘”两个字来，日子一久，却把那“雨散”两字忘了——这就是西湖绸伞的有趣来历。

搜集整理者：肖凡

画扇判案

苏东坡要到杭州来做通判。这个消息一传出，衙门前面每天挤满了人。老百姓都想看看苏东坡上任的红纸告示，听听苏东坡升堂的三声号炮……可是，大家伸着头颈盼了好多天，还没盼到。

这天，忽然有两个人，吵吵闹闹地扭到衙门里来，把那堂鼓擂得震天响，喊着要告状。衙役出来吆喝道：“新老爷还没上任哩，要打官司过两天再来吧！”那两个人正在火头上，也不管衙役拦阻，硬要闯进衙门里去。

这辰光，衙门照壁那边转出一头小毛驴来。毛驴上骑着一条大汉，头戴方巾，身穿道袍，紫铜色的面孔上长满络腮胡子，他嘴里说：“让条路，让条路！我来迟啦，我来迟啦！”小毛驴穿过人群，一直往衙门里走。衙役赶上去，想揪住毛驴尾巴，但来不及啦，那人已经闯进大堂上去了。大汉把毛驴拴在廊柱上，几步跨上大堂，在正中的虎皮座上坐了下来。管衙门的二爷见他这副模样，还当是个疯子呢，就跑过去喊道：“喂！这是老爷坐的呀，随便坐上去要杀头的哩！”

那大汉听了，哈哈大笑道：“哦，有这样厉害呀！”管衙门的二爷说：“当然厉害！这座位要带金印子的人才能坐哩。”“金印子呀，我也有一个。”那大汉从衣袋里摸出一颗亮闪闪的金印子，往案桌上一搁。管衙门的二爷见了，吓得舌头吐出三寸长，半天缩不进去。原来他就是新上任的通判苏东坡啊！

苏东坡没来得及贴告示，也没来得及放号炮，一进衙门便坐堂，叫衙役放那两个告状的人进来。他一拍惊堂木，问道：“你们两个叫什么名字？谁是原告？”两个人都跪在堂下直磕头。一个说：“我是原告，叫李小乙。”另一个说：“我叫洪阿毛。”

苏东坡问：“李小乙，你告洪阿毛什么状？”李小乙回答说：“我帮工打杂积下十两银子，早两个月借给洪阿毛做本钱。我和他原是要好的邻居，讲明不收利息；但我什么时候要用，他就什么时候该还我。如今，我相中了一房媳妇，急等银子娶亲，他非但不还我银子，还打我哩！”

苏东坡转过身来问洪阿毛道：“你为啥欠债不还，还要打人？”洪阿毛急忙磕头分辩道：“大老爷呀，我是赶时令做小本生意的，借他那十两银子，早在立夏前就买了扇子。想不到今年过了端午节天气还很凉，人家身上都穿夹袍，谁来买我的扇子呀！这几天又接连阴雨，扇子放在箱子里都霉坏啦。我是实在没有银子还债呀。他就骂我、揪我，我一时在火头上就打了他一拳，可不是存心打他的呢！”

苏东坡听了，在堂上皱皱眉头，说道：“李小乙娶亲要紧，洪阿毛应该马上还他十两银子。”洪阿毛一听，在堂下叫起苦来，说道：“大老爷呀，我可是实在没有银子还债呀！”

苏东坡在堂上捋捋胡须，说道：“洪阿毛做生意蚀了本，也实在很为难。李小乙娶亲的银子还得另想办法呵。”李小乙一听，在堂下叫起屈来，说道：“大老爷呀，我辛辛苦苦积下这十两银子可不容易呀！”

苏东坡笑了笑，说道：“你们不用着急，现在洪阿毛马上回家去拿二十把发霉的折扇给我，这场官司就算是两清了。”洪阿毛高兴极啦，急忙磕个头，爬起身来，一溜烟地奔回家去，赶忙抱来二十把白折扇交给苏东坡。

苏东坡将折扇一把一把打开来，摊在案桌上，磨浓墨，蘸饱笔，挑那霉印子大块的，画成假山盆景；拣那霉印子小点的，画成松竹梅“岁寒三友”；有的斑斑点点实在多的，就题上诗词，一歇歇辰光，二十把折扇全都写好画好了。他拿十把折扇给李小乙，对他说：“你娶亲的十两银子就在这十把折扇上了。你把它拿到衙门口去，喊‘苏东坡画的画，一两银子买一把’，马上就能卖掉。”苏东坡又拿十把折扇给洪阿毛，对他说：“你拿这十把折扇到衙门口去卖，卖得十两银子当本钱，去另做生意。”

两个人磕了头，道了谢，接过扇子，心里似信非信，谁知刚刚跑到衙门口，只喊了两声，二十把折扇就被一抢而空了。李小乙和洪阿毛每人捧着十两白花花的银子，欢天喜地各自回家去了。

苏东坡“画扇判案”的事，一下就在民间传开了。

原先，杭州的纸扇只有黑纸扇和白纸扇两种，自从东坡画扇之后，人们也学起来，有的描花鸟，有的描人物，有的描山水，有的写诗题词……把扇面装点得很好看。因为这一种有画有字的“杭扇”既可以取凉，又可以观赏，很受顾客欢迎，所以从北宋一直流传到现在。

搜集整理者：徐飞

东坡折扇

苏东坡到杭州当通判时，高丽（今朝鲜）与我国已有文化交流和友好往来。那年，高丽国的王太子喜爱杭州美丽的西湖和古老的佛教文化，特地到杭州净慈寺、灵隐寺来朝拜游览。临归国时，王太子送给苏东坡一柄白松折扇。这柄折扇展开来有一尺多宽，合起来则为一竿，轻巧雅致，玲珑方便。苏东坡十分喜爱，就在扇面上题了一首赞诗：

露叶风枝晓自匀，绿阴青子净无尘。
闲吟绕屋扶疏句，须信渊明是可人。

一时在杭州府官员间传为美谈，纷纷向苏东坡索取观赏。苏东坡应酬得十分厌烦，心想：小小一柄折扇，难道杭州扇匠不会制作吗？就对大家说：“你们既如此喜爱，过几天人人奉送一柄。”

第二天，苏东坡身穿便服，飘着五绺长须，手拿折扇，来到杭城制扇作坊集中的小巷。工匠们看了这折扇都赞美它制作巧妙，但都摇摇头说：“这种折扇，我们杭州制扇作坊从来没有见过，也没有制作过。”

苏东坡听了，不禁有些不悦：“有了样子，你们难道也不会仿制吗？”站在一旁的一位做了五十多年团扇的老者听了这话，不服气地说：“好，拿来我看看！”他取过白松折扇，打开来正面看看，反面瞄瞄，对苏东坡说：“客官，让我来试试，三日后送上样品，不知客官家住何处？”苏东坡听说有人愿做，连声说：“好，好！三天后可到府衙找我。”说罢，高高兴兴地回去了。

三天后，那制扇老者果然来到府衙。门口衙役问他：“找谁？”他回答说：“找那位叫我仿制折扇的五柳先生。”衙役说：“哪个五柳先生？姓啥名谁？”老者回答：“就是嘴上蓄着五绺长须的先生。”

这时，正巧苏东坡送客出来。那制扇老者觉得此人十分面熟，只是便服换上了官服，不敢上前相认。苏东坡却早已看见，便走过来问道：“折扇制作出来了吗？”老者急忙将高丽折扇和样品一并呈上说：“大人，仿制好啦，请过目！”苏东坡把仿制的折扇一展开，只见扇骨细巧光滑，扇面洁白轻盈，和高丽折扇一式一样，要不是那柄折扇上题了诗，简直真假难辨哩。苏东坡高兴地说："好，好，谢谢你。"

制扇老者又笑笑说："请大人再仔细一观，轻轻一扇吧！"苏东坡感到奇怪，难道此扇还有什么奇特之处？便拿起来仔细观看了一番，又执在手上向五绺长须轻轻一扇，顿觉清香扑鼻。苏东坡摸摸长须，满口赞道："好一股清香啊！"制扇老者笑着说："是啊，这是用我们江南竹枝做的扇骨，用杭州绫绢裱的扇面。"苏东坡听了不觉大喜："妙啊！你不愧为杭州制扇行家，不但仿制得逼真，而且还有创新。这真要谢谢你啦！"

制扇老者见这位大人对扇十分喜爱，而且很懂行，向衙役一打听，才知道他不是别人，正是杭州的父母官苏东坡。他急忙说："大人，不必谢。你只要将题诗的折扇赏给小人就心满意足啦！"

苏东坡满足了他的要求，又给了五两纹银，叫他再制作五十柄折扇，好分赠给杭州府大小官员。五十柄折扇制好，苏东坡又一一题了诗，画了画。大家接到苏东坡赠的折扇，无不如获至宝。从此，在折扇上题名人书画，成为杭扇的一大特色。

这位老者也因制作折扇出了名。杭州市民都赶来观赏、购买，折扇从此风行于世。附近制扇作坊，眼看折扇生意兴旺，也都纷纷仿制。后来杭州人叫这种折扇为"东坡折扇"，把这条小巷称为"扇子巷"。

搜集整理者：莫高

杭州天竺筷

说起杭州天竺筷，在灵隐天竺一带还流传着一个美丽的民间故事。

相传很久很久以前，在灵隐天竺山坞里住着一户人家。这户人家夫妻俩只得了一个女儿，取名叫翠姑。翠姑长到十八岁时，生得如九天仙女一样漂亮。城里来天竺烧香的富家子弟都想娶翠姑为妻，说媒的人来了一个又一个，翠姑一个也看不中意。她不贪富贵，却深深爱上了山坞里一个勤劳朴实的小伙子，名叫竺生。两人从小青梅竹马，感情深厚。

翠姑的父母过了一生苦日子，怕女儿再受苦，就一心想把女儿许配给一户有钱人家的子弟。一次，翠姑听说父母要把她嫁给城里的一户财主家做媳妇，就与竺生偷偷相约逃跑。可是逃了三次，都被父亲抓了回来。眼看娶亲的日子越来越近，在走投无路的情况下，一个月黑之夜，翠姑与竺生双双爬上白云峰，跳崖自尽了。

翠姑和竺生平日为天竺一带的老百姓做过不少好事，乡亲们可怜翠姑和竺生，就把他们合葬在天竺山上。第二年清明节，乡亲们去坟地上坟，摆好酒菜，可是忘了带筷子。正在这时，只见坟上长出了一蓬蓬碧绿的细竹。大家灵机一动，就用砍柴刀将细竹削成一双双筷子，放在坟前。上坟的乡亲们为了纪念翠姑和竺生，每人又削了一把细竹筷带回家去。

过了一年又一年，天竺一带细竹越长越多。当地百姓见细竹做的筷子光洁实用，都喜欢用细竹做筷，此事很快在灵隐天竺一带流传开来。以后，当地百姓就将天竺筷当作一种手工副业，种竹做筷。因为筷子产于天竺佛地，就将筷子取名为“天竺筷”。前来天竺的香客游人，信奉“佛地之物，菩萨保佑”，也都喜欢购买天竺筷。

讲述者：西湖乡灵隐村农民　记录整理者：应志良

杭州竹篮（一）

说起杭州竹篮，已经有二三百年的历史。据说编竹篮最早出在龙门山下孙家里。这里家家种竹，户户做篮。

一次，乾隆皇帝南巡，过西溪到白龙潭看瀑布，夜里在孙家里村的龙门寺歇夜。乾隆皇帝蛮喜欢作诗，到一个地方，总要把当天的所见所闻用诗记录下来。这天，他看了瀑布，又游了龙门八景，很高兴，要写的东西自然多。吃过夜饭，方丈为他点起蜡烛，皇上就一心作诗。作啊作，耳朵旁边终有一种"窸窸窣窣"的声音。乾隆皇帝感到蛮奇怪，就把方丈叫来，问这是什么声音。方丈说："启禀皇上，这是乡民打竹篮发出的声音。打竹篮的人家多，声音就大了点。"皇上可从来没有听过什么竹篮、木篮，感到越发稀奇。方丈就给皇上送上元宝篮、冬瓜篮，乾隆看了，有圆的、方的，大的、小的，心里想，做工倒蛮精巧，家家用得到，就随口哼了两句诗："手里窸窸窣，银子堆楼角……"

第二天，方丈把皇上的诗向乡民们一讲，一传二传，整个上泗地方都传遍了，做竹篮的人一下子多了起来。那时，小和山、老东岳、天竺一带香火旺，香客多，都要买只竹篮带回去，杭州竹篮就出了名。这种手艺一代一代传下来，直到今天，上泗一带的农民几乎家家会编竹篮。

搜集整理者：应志良

杭州竹篮（二）

说起杭州竹篮，已经有好几百年的历史了。据说，最早编竹篮的人出在杭州龙门山下的孙家里。

孙家里地处龙坞山区。早先这里林森树密，泉水淙淙，景色秀美。在这茂密的树林之间，长着大片大片的竹林，微风吹过，竹影婆娑，漾起层层波浪，分外迷人。而且，这里的竹子与其他地方的竹子不同，它不像毛竹那么粗，也不像紫竹那么细，竹节不长又不短，刚好一尺左右。老辈人说，这种竹劈成篾是上好的编织竹器的材料，可是锁在深山人未识，任凭大家砍来当柴火。

孙家里有一家农户，生有一个如花似玉的女儿，名叫竹花。父亲在竹花很小的时候就因病亡故了，留下母女两人相依为命。这里的人们原以砍柴为生，后在山上开垦出几块田地，种些杂粮、茶树，到春天采些茶叶，炒制成新茶，去集市上换点现钱，因此生活清苦。竹花家由于缺少劳动力，生活更为艰苦。

一天早上起来，竹花笑着对娘说：“娘，我昨天晚上做了一个梦，梦见一个用竹子编成的‘鸟巢’，有脸盆那么大，上面还有个拎手。一位白胡须大爷对我说：‘在山靠山莫忘掉，千亩竹林是个宝，若将竹篾编成篮，一生一世穷不了。’说完，白胡须大爷飘然而去了。”

竹花娘听竹花这么一说，高兴地说：“女儿，难道是神仙下凡来为我们脱贫指点迷津吗？”竹花想想觉得也有道理，娘俩一合计，不如试试看再说。

古话说，穷人的孩子早当家。竹花虽是姑娘，但早就挑起了生活的重担，山里农活样样会干。她上山砍来了竹子，将竹子劈成一条条骨子，再将一条条骨子上的竹青与黄篾分开，母女俩动手用竹青编织起了像鸟巢那样的东西，长长的，扁扁的，然后装上一个拎手，一看，果真像个篮子。第二天拿到集市上去卖，人们看得很新奇，七八个竹篮换回了不少银子。第三天，竹花母女继续这样起早落夜地编，还把竹篮分送给左邻右舍。邻舍们得知竹花母女俩在编竹篮，都赶来看热闹。大家七嘴八舌，把竹篮的形状一一做了改进。竹花母女又把编竹篮的一道道工序传授给众位乡邻。

过了不多久，孙家里家家户户都学会了编竹篮，而且日夜不停，成为当地的一门手艺绝活。依靠它，孙家里人们的生活渐渐富裕起来。

再说，孙家里紧靠龙门山，这龙门山上白龙潭有一道瀑布，飞流直下，犹如九天银河落凡间，因此远近闻名。

一次，乾隆皇帝南巡，过西溪到孙家里白龙潭看瀑布，夜里就在孙家里村的莲花寺歇夜。乾隆皇帝很喜欢作诗，到一个地方总要把当天的所见所闻用诗记录下来。这天，他看了瀑布，又游了龙门八景，很是高兴，要写的东西自然多。吃过夜饭，方丈为他点起蜡烛。皇上一心作诗，作啊作，但耳旁总有一种窸窸窣窣的声音。乾隆皇帝感到蛮奇怪，就把寺庙里的方丈叫来，问这是什么声音。方丈说："启禀皇上，这是乡民们编竹篮发出的声音，编竹篮的人家多，声音就大了点。"皇上可从来没有听说过什么竹篮、木篮，越发感到稀奇，要亲自去看一看。乾隆皇帝乔装打扮一番，在方丈的带领下来到竹花家里。方丈禀告皇上，这家是孙家里第一个编竹篮的农户。竹花把刚刚编的元宝篮、冬瓜篮等，一一给皇上过目。乾隆看了，有圆的、方的、大的、小的，真是千姿百态。心想，做工蛮精巧，家家用得到，是一门好手艺。他一边想，一边随口哼了一首顺口溜："手里窸窸窣，银子堆角落。翠竹惠乡民，家家都富足。"

第二天，乾隆皇帝离开孙家里，方丈就把昨天皇上到竹花家随口哼的四句顺口溜讲给乡亲们听，如此一传十，十传百，整个上泗地区都传遍了，做竹篮的人一下子多了起来。那时候，小和山、老东岳、天竺一带香火旺，香客多，都要买只竹篮带回去，杭州竹篮也就出了名。编竹篮这门手艺，一代一代传了下来。虽然几百年过去了，但现在孙家里仍然家家户户都会编竹篮。

搜集整理者：赵小珍

捉鱼救母

古时候，今天的西湖区上泗一带，还处在一条很宽的江流之中，江中有片叫作“钱塘沙”的陆地。钱塘沙上有一户人家，家中仅有娘儿俩，儿子名叫孝宗，母亲年过七旬，已经白发苍苍。孝宗待母亲非常孝顺，他在母亲面前从来不说一句过重的话，家里有好吃好穿的，他都会让给母亲。

这年春天，母亲突然病了。孝宗非常着急，先后请了好几个郎中，但母亲的病总是不见好转，反而越来越严重。长时间生病是破财，为了治好母亲的病，一年下来，家里的财产已经全部当光卖光了。但是孝宗还是东奔西跑到处打听，渴望能找到更好的郎中给母亲治病。

这天，孝宗打听到杭州城隍山有位神医，说是能治百病。因为没钱，孝宗脱下身上的衣服送进当铺，当了几文钱，进城请来这位神医。诊断后，神医说钱塘江里有一种红鱼的苦胆能治好他母亲的病。可寒冬腊月，钱塘江江水冰冻三尺，要想在江中捉鱼，真是比登天还难。为了早日治好母亲的病，孝宗光着身体躺在江面上，决心用自己的体温融化冰块，再下水捉鱼。但孝宗毕竟是凡人，不一会儿他就浑身颤抖起来。这时，天将千里眼正在钱塘江上巡视，他发现此事后，急忙报告玉皇大帝。玉皇大帝想：世上竟有这样的孝子，实在难得，我得帮他一下。于是，他召来大将石龙，说：“现在钱塘江中有一个孝子正以体温融冰求鱼，令你火速前去解危。”然后，玉帝又拿出一面铜锣，说：“这面锣能使他家转贫为富，你拿去给他。”玉帝又将如何解危，如何使锣，向石龙作了交代。

石龙得令后，腾云驾雾，火速赶到了钱塘江。他踏冰驱寒，救起了孝宗，又在江里捉了红鱼。然后，他拿出那面铜锣，对孝宗说：“从今以后，你只要每天早上敲三下锣，我便有宝石吐出来给你。”说完，石龙就在钱塘江边化成了一座大山，这就是现在的石龙山。孝宗将红鱼的苦胆挖出来给母亲吃，母亲的病果然日渐好转。孝宗又按照石龙的吩咐，每天早上敲三下锣，当即石龙山上便有宝石落下山来。孝宗把得来的宝石交给母亲，换了银钱。从此，娘儿俩的生活越来越好。

江对岸有个财主知道了这件事情，非常眼红，带领人马从王安埠乘船向钱塘沙赶来，想夺走这面铜锣。凑巧，江这边也有一个财主知道了这件事情，他也带领人马，从湖埠乘船向钱塘沙急急赶来，也想抢走这面铜锣。两个财主同时赶到钱塘沙，双方都是有势力的人，互不相让。他们打打闹闹，一直打到了石龙山上，两个财主还是各抓住铜锣的一边，抢来抢去不放手，结果一个失足，两人连人带锣滚下了山去。铜锣撞在石头上，轰的一声，霎时乌云翻滚，雷声隆隆，从铜锣里跳出了一狮一象，它们各咬住一个财主，翻个筋斗，化为两座大山，把两个财主压在了山下。这两座山就是现在的狮子山和象山。那面被撞破的铜锣，变成了一个小湖，就是现在石龙山边上的铜鉴湖。直到后来，每当听到隆隆的响声，石龙山上就有宝石落下山来，有人说，那就是著名的杭徽大理石。

搜集整理者：马建荣

西山石灰

在周浦西山石矿旁边有一座石灰窑，原来一直是烧石灰的，因保护主态资源的需要，现在已经炉停火熄。可关于它烧制石灰的历史，当地流传着这样一个故事。

相传在唐朝年间，有一年冬天，李淳风与袁天罡两人结伴来到杭州。他们游玩西湖后，就坐着船往南而行，一直来到周浦的湖埠。两人早就听说湖埠有个风水洞，就决定前去探个究竟，到了洞口一看，此洞果真不错。这风水洞坐落在大西山的脚下，坐西朝东，三面群山环抱，东面一马平川。洞内流水潺潺，洞外景色秀丽。两人进得洞内，见有石凳石桌，冬暖夏凉，是夏天避暑的好地方。两人在洞内游览了一会儿后便出得洞来，只见风水洞边有一个小庙叫严慈寺院，里面住着一个老和尚。二人坐下同老和尚谈起天来，一说二说，不知不觉太阳快下山了，见西山像只石牛，前脚跪倒，后脚伸开，背边有一支石剑，他们便知道这里有宝。

眼看天色已经昏暗，两人想，黑夜行船多有不便，就要求在寺院借宿一夜，和尚答应了他们的要求。吃过晚饭，两人趁着月光看看山里夜景，随手拾了几块小石子带往小庙。见老和尚手烘一只铜火熜，李淳风、袁天罡便向老和尚借了一只，加了些炭，把铜火熜盖向上，将小石子放在上面烘。烘到后来，只见小石子化开来了，两人就用冷水一泡，冷水中起了泡，还冒出热气来，心知这是宝石。那时的庙墙是赤色的，他们用毛笔蘸着小石子化成的白水在墙上题了一首诗。第二天 和尚又带他们到西山坡转了一圈，和尚告诉他们，门前的山叫大西山。袁天罡说：“方丈，此山是宝山，千年之后必有人识得。”说完就告辞了。和尚回到寺里，只见墙上题着一首诗：“十里湖埠十里浦，金子银子满地铺。有人识得西山坡，日后可称敌国富。”和尚哪里知道，这两人是来看风水的神仙。

后来，周浦人按照李淳风、袁天罡的方法，将西山上开采下来的石头敲打成小块石，再放进四面密封的土窑里，用柴火在下面烧，这样就将石头烧成了石灰。因为是用西山上的石头烧的，所以也叫西山石灰。

搜集整理者：徐关泉

南宋五足洗

赵家天子弃了半壁江山，建都临安（今杭州），史称南宋皇朝。虽然山河破碎，但王公贵戚仍然花天酒地，把个西湖变成了销金窝。

都说富贵也是病，南宋朝廷的官僚、贵戚享乐过度，一个个精神萎靡，连皇帝也觉得四肢无力。如此一来，只要一上朝议事，就会上下哈欠连连，整个朝廷萎靡不振。皇帝忧虑，召集御医们为大家治病，可御医们一个个无计可施。眼看着朝廷上下疾病难治，御医们将性命难保。

再说与临安城一江相隔的湘湖边有位萧郎中，因其祖上积德，几辈行医，方圆百里很有名气。到了萧郎中这辈，虽世事变迁，但行医为善丝毫不曾有变。萧郎中自幼饱读四书五经，研习祖上医道及其他著述，总结出“五足乃生命全息”的辨证施治方法。平时不但用此道行医而且口中经常念念有词，“五足乃生命全息也”成了他的口头禅。萧郎中总是这样一遍又一遍地唠叨，而患者也总是排着长长的队伍，听他反复说着这句话。时间一久此话也传扬开去。

有位御医听到这句话，他知道不能小瞧了民间，民间自有藏龙卧虎的人。于是，他乔装打扮来到了萧郎中行医的地方，仔细地观察了他的行医方法，马上回到宫中奏本皇帝，对“五足乃生命全息”作了种种的解析，肯定了萧郎中的作为。皇帝看了奏本甚是高兴，命这位医官将萧郎中请到宫廷来。

萧郎中接到圣旨就起程，过了钱塘江，行不多远，便到临安城。皇宫就在玉皇山麓。萧郎中寻思，宋朝皇帝从汴京偏安江南，把个临安变成了京城，他打心眼里有些看不起这个皇帝。

进了皇宫，才知道皇帝是请他来给百官治病的。萧郎中仔细地观察了一番，知道这些个官僚得的是“富贵病”。他心里明白，按照他的“五足乃生命全息”施治，是可以治好他们病的。于是，萧郎中说：“我给你们治这些个病嘛，名堂叫‘五足洗’，你们给我定制些个大木桶，桶内装满温水便可。”萧郎中带了五帖特制的草药，用臼调和后溶入木桶中。随即，要这些贵戚大臣赤条条在木桶内浸泡两个时辰、床榻躺着点穴按摩约一个时辰。如此这般，在治病期间，萧郎中让百官忌荤腥，还规定了作息时间。几日后，这些人的脸色红润、精神大振。皇帝一见不由得佩服这位

来自民间的郎中，他让那些吃皇粮的御医们好好地向这位民间郎中学习。

于是，萧郎中带出一批御医徒弟。没多久，皇宫上下都用起这木桶泡药水的五足洗。

皇帝再上朝时，发现大臣们的精气神好多了，回到后宫，发现贵戚们也比以前气血顺了，知道这是萧郎中的大功劳。他便下旨在钱江南岸的小城树一块碑，碑铭“南宋五足洗”，用以表彰萧郎中高超的医道与医术。萧郎中趁机向皇帝提出请求，准允他回到家乡。

萧郎中回到了湘湖边，仍然用他的“五足乃生命全息”为家乡百姓治病。皇帝拟旨修内司与郊坛官窑烧造带五足的瓷器来替代木桶。后来嘛，南宋修内司与郊坛官窑中便多了一种色青粉红、蟹爪纹润、紫口铁足的“南宋五足洗”瓷器。

搜集整理者：许龄岗

胡慶餘堂國藥號
名店
張小泉剪

胡庆余堂的传说

晚清，杭城某钱庄老板得了一梦，梦见赵公元帅手捧金元宝，但赤着一双冻得火红的脚。醒来时，礁楼正打三更三点。翌晨，请来一位先生解梦，来人讲："此梦主大吉，三日内贵府添一巨富儿。"老板付酬相送，心中十分不信，一定是拍马屁，自己妻子又没有怀孕，怎添得儿？第三天，有个好友荐一个少年来学生意。老板一看，这少年虽然生得单薄，但乌溜溜一双大眼睛，透着机灵劲，身上穿得破旧不堪，而且赤着一双冻得火红的脚。老板忽然心中一动，赤脚财神大概就是此儿，便把他收留在钱庄里。这少年就是宁波胡雪岩。

由于胡雪岩聪慧机灵，一学就会，看见便懂，不上三年，一切业务精通，老板也是一力抬举。满师之后，胡雪岩在珠宝巷开了一爿钱庄，自己当老板了。除了钱庄分内的存贷之外，又利用人家的存款作资本做生意。他消息灵，投机准，滚来滚去，几年之中竟成了杭城金融界的巨头，在生意场中结识了一大批政、商界的巨头、名人。由于经营得力，牌子响、字号硬，腕子有力，办理得劲，生意越做越大。

有一天，胡雪岩的妻子生病延请名医诊治。开了处方，他命仆人到杭州知名药店"叶种德堂"撮药，还嘱咐："快点撮来！"仆人不敢延误，立即赶到清河坊。叶种德堂的药店倌接过处方，用镇纸压在一大沓药方下面。这相当于现在的排队，迟来的排在后面，一张一张撮下去，那时撮药又是每味一包，叶种德堂生意十分闹猛，那仆人等了很久还未轮到，便说："先生，是否请先给我撮？"药店伙计解释道："病家都急的，我们规矩先到先撮。"又等了一会儿，还轮不到，心中不由十分焦急，老板交代快点，又说："我是珠宝巷钱庄胡老板家的，请先生帮个忙。"伙计见他啰唆，心里不耐烦，话就难听："叫你们老板自己开一爿药店。"仆人心里窝着火，但无言对答，又等了好一会儿，终于撮药回转。胡雪岩见他去了这半天才回来就说："为何去了这半天？"仆人说："药店生意太闹。"胡雪岩讲："你不好说这药是我的？"仆人心里窝着火，不觉说话胆子大了一点儿："不说还好，说了，药店倌讲：'有本事自己开药店。'"胡雪岩心里一怔。

年脚边，胡雪岩回老家宁波过年，由义渡过钱塘江，穿萧山取道宁波。当时义渡有门槛，凡穿长衫，不管破旧，上船可坐；凡短打扮的，不管如何华丽，上船要撑。渡到对岸起码要半个时辰，胡老板见身边坐着一位长衫帮，因渡江寂寞，就彼此之间随便闲谈：“先生，可是回家过年，仙乡何处？”那人答：“回宁波老家，听口音，我俩是同乡。”胡雪岩问：“先生作何生计？”那人答：“药店伙计。”胡雪岩心里一动：“开一爿药店要多少资本？”那人答：“约五百金。”二人闲谈一阵，船靠岸后，各自取路。第二年，在义渡遇着另一个药店倌，又问及资本问题，两个药店倌所讲差不多，开药店的事在胡雪岩心中慢慢定了形。

无巧不成书，第三年，胡雪岩在义渡又遇到一个药店大伙，问及资本，他说：“一般有五百两银子可开了，不过资本越多，店开得越大。”胡雪岩问：“仙乡何处？”对方回答：“宁波某地。”胡雪岩问：“一年几次回家。”对方回答：“清明、年关两次。”胡雪岩说：“我家在宁波某地，与贵府不远，明年清明节我在寒舍相候，来寒舍一叙如何？”对方答：“好！到时候一定来府上讨扰，请问贵姓？”胡雪岩说：“敝姓胡。”清明上罢坟，老先生果真去拜望胡老板。到地头一看，门楣壮观，附近一问，知是大老板胡雪岩，心想真交运，这个大老板朋友一定要轧。当时由仆人传请到厢房，二人喝茶闲聊，胡雪岩把要开一爿大药店的事同他商量，老先生讲：“一、筹集资金，因为办任何事都需要资金。二、圈地造屋，需要柜台贸易，栈房趸货、工场制作、育培生鲜。三、采购道地药材。如川连一定要四川的，浙贝要象山的，陈皮要三年以上的，鲜生地要现从土中挖出的。四、要一副人马班子。聘先生管理，请师傅炮制药材。”胡雪岩说：“资金、造屋由我去办，采购、炮制你给我办，你再去请一批同行朋友来，我发给加倍薪水。对于你，我给三倍薪水，有两样你要记住，一不要叶种德堂的伙计，二要采购道地药材。”二人商量定当。老先生辞了原来的东家，邀集一班同行。有加倍薪水，谁会不肯来？大家领了资金，到各地采购道地药材，分拨炮制，按古方研造。

胡雪岩亲自到离叶种德堂不远的城隍山脚购置土地造屋，礼请书法家在脚手架上大书“筹建胡庆余堂药店”，先造舆论，定要与叶种德堂“别一别”。第一年请匠作造房子，请伙计采购道地药材；第二年研制丸、丹、膏、散，并赠送比较名贵的“辟瘟丹”和“胡庆余堂眼药”，拉拢各地顾客；第三年，三换经理，才正式开张营业。因先两个经理的策略都是如何赚钱，胡雪岩不用。第三个经理主张不怕蚀本，先打出牌子、立下信誉，再谋利润，胡老板采取他的主张，用为经理。

开张营业后，胡雪岩拉拢当时杭城和外埠名医，利用政界巨头、名人文士的名头宴请名医捧场。医生一亲近，生意就来了，因为医生对病家说："到胡庆余堂撮！"病家宁愿多走路绕到大井巷去，虽然叶种德堂居在繁华的清河坊大街，还是别不过大井巷的胡庆余堂。

由于药材道地，配制严格，除常用药外，胡庆余堂还按古方配制冷门药，别处不全的处方这里都有，所以胡庆余堂声誉大振，生意兴隆。

讲述者：俞鸿耕　记录整理者：姚兴文

胡雪岩请账房

胡雪岩决定在杭州开爿药店。要开药店，首先得请一位懂行的账房先生，制定一个从开办到经营、从经营到结算的全盘规划。经友人推荐，胡雪岩前后已接待过四位老先生，每来一位，他总是很恭敬地静听他们对开办药店的高见。

这几位账房先生，个个都称得上是精明能干的，算盘珠拨得噼啪响，方案造了一张又一张，全说开张后，一年能为店里获利多少两、多少两的。胡雪岩只是笑着点点头，不露声色。然后客客气气地给他们送了丰厚的川资和酬金，婉言辞谢。

俗话说：“一二不过三。”胡雪岩连请了四次账房都没有成功，引得人们议论纷纷，不知他葫芦里到底卖的什么药。

一天，来了个余姚人，自称姓余，愿应聘为账房。胡雪岩照样在客厅接待了他，还向他详细地介绍了以前四位先生的打算。这位余先生一味地啪嗒啪嗒吸旱烟，半天也不吭声，等烟吸足了，茶喝够了，站起身来，拱拱手就说告辞。胡雪岩诧异地问道：“余先生，我还没有请教你的高见呢？”余先生冷冷地说：“你想在短期内就赚钱翻本，我办不到，还是另请高明。”

胡雪岩从这几句话里听出点味道来了，连忙挽留。但他还是故意说：“常言道，千做万做，蚀本生意不做。做买卖嘛，能不为了赚钱吗？”

余先生正色地说：“急于赚钱和正当赚钱是两码事，急于赚钱的，见钱眼开，只知道拼命地捞；正当赚钱的，就要重视信誉，细水长流。你看，每家药店门口几乎都写有‘道地药材’四个字，这难道是容易办到的吗？”接着，他滔滔不绝地讲出一番道理来：驴皮非囤三年就不能熬成上好的膏；女贞子要经过五蒸五晒；红花要隔年采自西藏；茯苓不来自云南的洱海苍山不能算上品；麝香要当门子；鹿茸要血尖，等等。最后余先生说：“药是治病救命的，所以贵到犀角、羚羊，贱到通草、马勃，都必须精选精挑，不能含糊马虎。不在质量上胜过他家，又怎么能打响牌子？再说开药店总得图百年大计，归根结底一句话，你要请我做账房，就要准备先蚀三年本，才能慢慢赢利。这叫周瑜打黄盖——双方自愿！不然，另请高贤。”

胡雪岩听了这番话，觉得句句在理、心服口服，一个正直的生意人，就该有这种精神。他深深一揖道：“今天我胡某总算请到了一位目光远大、经营有方的好账房，余先生，今后一切全仗你啦。”

后来，就取了个“胡庆余堂”的店名，一般人的解释，是取“积善之家庆有余”之意。其实，这中间还包含着另一层意思：胡雪岩是庆幸自己请了一位洞明练达的好账房余先生哩！

搜集整理者：陈祖基

金铲银锅

百年老店胡庆余堂，有一套制药工具——金铲银锅。这套工具是用133克黄金和1835克白银打制的，被药业界称为“国宝”。

相传，胡庆余堂曾生产一种叫“紫雪丹”的镇惊通窍良药，原先用的是铁铲铁锅，药效一直不够理想，常常有顾客前来退货。这可影响了药店的信誉，老板胡雪岩急得不得了。他邀请许多名医、药家前来研究，查过配方，也找不出原因。

为这事，胡雪岩心急火燎，彻夜难眠。有一天，他觉得胸口气闷难受，便早早地睡了。晚上，他做了一个奇怪的梦，梦见从墙旮旯里蹿出一对猫鼠来，那猫全身雪白，好像是银子铸成，那老鼠浑身金光，好像是黄金打就。这金鼠银猫，一个在前面逃，一个在后面追，不知怎么的，竟全都窜进了胡雪岩的口中，吓得他从梦里惊醒过来。这时，他觉得神清气爽，胸口也不闷了。细细一琢磨，便悟出了一个道理。原来大凡惊厥痰迷病人，多是受了风邪。金银可以避邪压惊。

第二天，胡雪岩马上派人请来工匠，用金银制作了一套金铲银锅，专门用来煎熬紫雪丹。紫雪丹的药效真的大大提高了，深受病家欢迎，胡庆余堂的声誉也越来越好了。

搜集整理者：李国强、宋光甫

真不二价

在胡庆余堂店堂正中，有一块令人炫目的金字招牌，上书“真不二价”四个大字。

相传，古时候有一个名叫韩康的生意人，他既懂医道，又亲自上山采药，把药材采来之后拿到市场上去卖。当时，市场上卖药者常常以次充好，以假乱真，所以顾客也常常讨价还价。可韩康卖药货真价实，他不允许讨价还价。有人问他：“为什么你的药价钱不能变？”韩康说：“我的药是‘真不二价’。”病者吃了他的药，疗效果然好。于是，“真不二价”这句话便在市民中传开了。

胡雪岩开药店之后，认为要打开胡庆余堂的局面，须好好学习韩康的经营之道，使胡庆余堂的药真正做到质好价真，保持信誉，便在店堂正中立起一块“真不二价”的金字牌匾。

讲述者：赵玉娥　记录整理者：李国强

胡庆余堂与胡余庆堂的传说

杭州有个闻名海内外的胡庆余堂，无独有偶，在昌北新桥乡西舍村，村中有个古祠堂，名曰“胡余庆堂”。两者单从名称上看，用字相同，其义亦近。那么，它们之间到底有没有“血缘”关系呢？

几百年前，西舍村还是一片水竹林。有四个胡姓穷光棍，一年四季以捉鸟为生。有一日，四人在从安徽绩溪捉鸟，路经水竹林。时过晌午，觉得腹中饥饿，四人商量着在水竹林中烧火烤点心吃。过后，用石头压盖了火，又忙着捉鸟去了。事隔三天，四人又同到水竹林里，只见他们烧过的火，仍红红旺旺，余烬袅袅。四人中的老大略通山理，认为此处是风水宝地，建议筑屋定居，大家一致同意。于是用水竹筑起了四所蓑棚，取名“四蓑坞”。后来他们分别娶妻生子，日子逐渐红火，胡姓子孙也越来越多，四老人便召集所有子孙，聘请工匠造祠筑宇。不几月，祠堂建成，大门顶取名为“胡氏宗祠”，祠堂正厅上额文由老大亲笔书写“余庆堂”三个飞金大字。过后又觉得“四蓑”村名难听，于是更名为“西舍”。新桥人管它叫“西舍坞”。

西舍坞人丁兴旺，人们过着日出而作、日落而息的清贫生活。子孙中有几个人怀疑起来：“莫非先祖选错了地方？”于是请来风水先生，观阳宅察阴址。这风水先生一到西舍便喊：“好地方！好地方！左雄虎，右雌虎，两虎相对，必出奇才！”

“可是我们发人不发迹！”

“没有此事！”风水先生从雌虎形山转到雄虎形山上，站在一座古坟前：“是了！是了！你们将祖先葬进了虎口。你们看，坟后有一巨石，坟前平地上也有一块巨石，远远望去不就像张开的虎口吗！”

“那该怎么办？”村人甚是着急。风水先生闭目掐指一算：“有了！村里须派精壮劳动力将祭祖贡品从祖先坟前挑起，一直往东方，不到三百里外，不能回头。”

可山里人根本未出过远门，谁也不肯承担此任。族长多次召开全村会议，就是无人愿往。最后采用抓阄的办法，结果被一年轻人抓到，他无话可说，挑起祭品，辞别了乡亲，就上路了。

青年担着祭品，带着乡亲们的殷切希望，爬迢迢纤岭，翻高高百丈岭，过昌化，出余杭，日夜兼程，不敢有丝毫的懈怠。直到随担的干粮吃光，甚至将祭品吃得所剩无几，想想也已走了五天五夜了，方敢歇下担来。此时已到了杭州地界。

青年在家学过几年篾匠，又通晓许多中草药。这日，他正踯躅街头，听到“毛竹卖哦！毛竹卖哦！”的吆声。他顿觉眼睛一亮：“何不买点毛竹，编些花篮之类的换点吃的？”可哪有钱呢？这时卖竹老人已到跟前，青年看着老人欲言又止。

“想买毛竹？”老人看出他的心思。“可我没有钱。”青年一副老实相。

“没关系，这毛竹是自己山上产的，我吆喝了一天也无人问津，权且送给你。”青年人还没有回过神来，老人已甩下毛竹，吟歌而去：“小竹百两金，城隍山脚根；欲立杭州城，舍地山下寻！”

青年人并未明白老人吟唱的意思，借刀削竹编起了花篮，然后出卖，谁知花篮很抢手，他又“扩大再生产”，渐渐地攒了一些钱。欣喜之余，他忆起老人吟唱的意思，寻到城隍山脚，买到一块地皮，建起了房舍。他见屋后山上到处是中草药材，便采来制成膏药，在家里开起了药铺。膏药医好了不少人的病，他的名气渐渐大了起来。

一年过后，他娶上了媳妇。膏药铺生意红火，他想起应该取个铺名，苦思冥想，想到了祖先，想到了老家和那里的祠堂。“不能忘祖，以祠堂名最好！”他请来书法家和工匠，凭着记忆题上了“胡庆余堂”四字，可他怎么也没想到，他记错了字序，将“余庆堂”变成了“庆余堂”。

这就是杭州“胡庆余堂”的来历。这青年就是一代巨贾、红顶商人胡雪岩的父亲。

青年由于苦心经营胡庆余堂，不到四十岁便染疾早亡。临终时，谆谆嘱咐妻儿，要回自己的老家。胡雪岩因忙于应付商场事业，只得指派家人前来认祖。不料西舍村人因长期闭塞，不与外界接触，听不懂杭州官话：“这里是不是西舍坞？”“这里是四囊坞（本地音）。”“那有没有料下山？”“只有辽胡山（本地音），没有料下山。”寻祖的听听地名小对，便过了西舍，进入了安徽绩溪。

从此，绩溪便成了胡雪岩的故乡。

搜集整理者：黄丁宁

朱养心

早先，杭州有家朱养心膏药店，专做红头膏药。到朱养心第三代孙时，生意清淡起来，朱老板欠债满大路。

这年的年三十到了。朱老板卖掉一些旧货，付了伙计工钱，把他们打发回家过年，自己准备到外面躲债去了。临走时，他嘱咐家里一个最好的学生子照管师母，并说：“凡是来讨债的都推给我，就说老板找不到。”说完，就走出店门匆匆上路了。

朱老板走在半路上，突然发现天上飘过一片白云，白云过去后，对面走来一个穿长衫的人，胸前飘着一蓬雪白的胡子。朱老板一想，莫非此人是仙人？连忙跪倒在地，一边磕头一边喊：“神仙救救我，神仙救救我……”此仙正是铁拐李变的。他听朱老板述说了事情的来龙去脉和眼前的难处，就从身上摸出一张新鲜荷叶，交给朱老板，说了声“你把它放到药店的井里”。话音刚落，人就不见了。朱老板连忙回店，把这片新鲜荷叶放到井里，一下子整口井里打上来的都是做红头膏药的原料。朱老板在井边立了块牌子——“此井专用不吃”。还做了个盖盖牢。

第二年夏天，杭州城里热得像火笼，生疮的人特别多。从朱老板店里买去的红头膏药，一贴就灵。一传十，十传百，消息一下子传遍了杭城内外。朱老板店里的生意一下子好了起来，日子也变得好过了。

一天，铁拐李变了一个很脏的讨饭老汉，来到朱养心药店门口。一个学生子见了讨饭老汉，就用扫帚柄笃他，一边骂他，一边赶他走。账房看他赖着不走，就拿出银钱来给他，他也不走。刚巧朱老板下楼来看到了，朱老板耐心地问明情由，问他哪里人，有什么难处？朱老板一看，老汉头上身上长满疥疮，心里很可怜他，就把他留在店里。朱老板亲自为他撩起衣衫，用药水给他洗头、洗身子。一洗就是三年。

讨饭老汉的疥疮好了，朱老板想他没儿没女，就留他在店里做账房。学生子气不过，从中调排他。一天，他们叫老汉到宁司后河下洗药罐，还说：“有本事把药罐翻转来洗。”到了河边，哪里知道，老汉真的把药罐翻转来洗了，原本干净的一面变成了外面，被柴烟熏黑的一面倒成了里面。旁边看热闹的人都呆掉了，都说“神仙，神仙”。老汉一想被人识破了，就跳到水中，躲个猛子，走了。

学生子回到店里，把这件事告诉了朱老板。朱老板想，这是仙人来助我了，可是我还没有报恩呢！朱老板伤心地哭了一天。晚上哭着哭着睡着了，还做了一个梦，他梦见神仙在同他讲话。那神仙说："你有灾难要落到身上了，火神菩萨来量过了，要天火烧。你良心好，我救救你。你枕头底下有支水龙，你把这支水龙打在墙头里面，再在围墙上画一支墨龙，你的店堂就不会被火烧了。"

朱老板一觉醒来，一摸枕头底下果真有支水龙。他想起神仙托梦的事，一边按照神仙的指点，派人打围墙，画墨龙；一边派人各家各户去通知："火烛当心，以防火灾。"

有人想，活册空[①]，无缘无故怎么会火烧，一点不放在心上。事有凑巧，这天邻居家一只猫拖老鼠，碰到一个秤砣。骇骇叫碰着骇骇叫[②]，秤砣刚好跌在石头上，爆出一串火星，旁边的油纸一点就旺，火就哔哔叭叭烧了起来。火越烧越旺，杭州城里烧掉人家木佬佬[③]。而独有朱养心药店四面打了围墙，有神仙的水龙相助，火终是烧不进去。

讲述者：杜福泉　记录整理者：应志良

---

① 活册空：杭州方言，犹瞎折腾。
② 骇骇叫碰着骇骇叫：杭州方言，犹碰巧。
③ 木佬佬：杭州方言，犹很多。

朱养心的传说（一）

从前，杭州大井巷有一爿朱养心堂膏药店，店不大，店主朱老板心地仁厚，好行善事，凡是穷苦百姓上门求医，都免费医治，赠送膏药。

有一天，店门口来了一个衣衫破烂、蓬头垢面、满脸胡子的跷拐儿老头。他拄着拐杖，赤着两只脚，腿上生满了疮毒，脓血外流，奇臭难闻。朱老板见了，动了恻隐之心，走上前去，双手搀起老头，走进店里，拿来饭菜给他吃；又端来热水，亲手帮老头将腿上的脓血洗干净，替他贴上膏药，然后扶他上床休息。谁知跷拐儿老头在上床时，不知是有意的还是无意的，抬脚将那盆洗过疮毒的污水踢翻了，无巧不巧都倒进了朱老板拌药料的荷花缸里。朱老板见一缸配好的药料被糟蹋了，暗自叫苦。看看这个老头，又病又苦，反而安慰他，叫他不要介意，安心休养。

跷拐儿老头在朱养心堂白吃白住十多天，朱老板天天替他洗脚换药，医治疮毒，连那缸被糟蹋的药料也没时间处理。这天，老头对朱老板说：“承蒙你不嫌臭脏，亲自为我治疮毒，又分文不取，实在感激，可我却身无一物招谢，真是过意不去。这样吧，我自幼精通丹青之术，你去备好纸墨，我替你画一幅画留作纪念，请勿见笑。”朱老板听后，觉得老人出于一片好心，不能使他扫兴，就买来上好的宣纸，备好笔墨。跷拐儿老头将宣纸一铺，随手抓起一碗墨汁就往纸上一倒，接着用手在纸上涂抹了一阵，对朱老板说：“献丑，献丑，画得不好！还请妥为保藏！我就此告辞。”说罢，一跷一跷地走出店门，径自去了。

这时，奇迹出现了，那只倒进污水的荷花缸里，突然散发出一股浓烈的芳香。朱老板心知有异，连忙转身去看那张还没卷起来的画儿，原先墨黑一团的宣纸上，这时隐现出一条栩栩如生、活灵活现的水墨龙来。那龙在云海中昂首喷水，形象逼真，朱老板越看越清楚。这时，他忽然醒悟过来，这个自称姓李的老头，肯定是八仙中的铁拐李大仙。想到这里，朱老板连忙焚香叩拜。

从此以后，朱养心堂煎制的膏药药效更佳，人称“铜绿膏”，无论什么疮毒，只要贴上这种膏药，用不到几天，保证拔毒消肿，长出新肉，朱养心膏药店的名气也就越来越大。

有一年，大井巷一带发生火灾，四周房屋烧掉几十家，唯独朱养心膏药店安然无恙。据说，当时有许多人看见朱养心的屋顶上，隐隐有条黑龙在喷水灭火。大家都说是水墨龙在庇佑朱养心。这件事越传越广，越传越神，后来传到军阀夏超的耳朵里。夏超一心想吞夺这幅宝画，便借故查抄了朱养心的家，但见屋里挂着上百幅的水墨龙画，真假难辨，这个军阀怕引起公愤，只好作罢。

讲述者：江雷翔　记录整理者：江沛然、王晓灵

朱养心的传说（二）

苏州叶天士是一代名医，不知治愈了多少疑难杂症。某日，有个熟人来请他治病，叶天士一看是咳嗽，马上写了脉案开出处方，撮药煎服，一连三剂不见松动。病人到杭州请朱养心医治，朱养心望闻问切之后说：“你的病虽轻，治好却难。”病人说：“难道没有办法治吗？”朱养心说：“只要吃一段时间的紫皮甘蔗汁就会好的。”

过了一段时间，那人回到苏州，叶天士见了说：“你的病怎么好了？”他说：“杭州朱养心叫我吃紫皮甘蔗吃好的。”叶天士想，朱养心的医术比我高明，我要去学一学。于是撇下新婚妻子，到杭州托朋友荐到朱养心店里当学徒，由于他原是名医，在师兄弟间马上显露出来，先生十分器重他。

某天，清泰门外有人请朱先生出诊，结果朱先生忘记了，第二天突然想起来，就命这位得意弟子去诊视。叶天士按地点找到这户人家，已经开丧了。他找到当家人，原来是媳妇难产死了，已装殓了，因儿子在外做生意未归，还未盖棺。叶天士过去一看，按了一下脉说：“还有救！”把死尸抬到房里，取出一枚金针，在死人肚皮上刺了一下，刚把金针拔出，听得一声儿啼，产下一个婴儿来。当家人问及原因，叶天士说：“这是‘捧心产’，胎儿在腹中双手捧住母亲的心，发生了假死现象，金针刺在胎儿合谷穴上，胎儿放手，即可顺利产下。”叶天士回店只说无甚大碍，敷衍过去。过了几天，人家大吹大擂给朱家上匾谢恩，才知是“一针救两命”。朱养心心想，只有苏州叶天士才有这手神技，自己的徒弟竟也有这等本事。心里很高兴。

几天后，叶天士接到家书，大吃一惊。原来自他走后，新婚妻子十分寂寞，三个月后还未见丈夫回家，心里很不是滋味。这天苏州府公子腹绞痛，来叶家求医，新娘子说：“丈夫不在，请别处医治。”这位公子非叶天士不医，公子母亲急煞了，一定要新娘子配药，见那公子痛得大汗淋漓，经不住母子苦苦哀求，顺手从写着“信石”的抽屉里包一点点粉末给公子服了。瓜子立即不痛，回家泻出几条大蛔虫，果然病愈了。叶天士想，如果再不回家必闯大祸，亏得他是“蛔虫夺食”，如果别的病，焉有命在？别了先生回家，问了妻子经过情况，还心有余悸。写了一张纸贴在门上：“家中有贤妻，砒霜当药医，我交十年运，有病快来医。”一时门庭若市，十分闹猛。

弹指间十年过去。这位当年的苏州府衙内老毛病发作，叶天士用沉香、使君子等祛虫药，哪知他一服即死。知府虽已卸任，但势力还在，一张状纸告到衙门，到底官官相护，可惜一代名医叶天士，不明不白瘐死狱中。

再说朱养心，由于发生过清泰门外不及时出诊的纰漏，对病人十分认真尽心。这天有人来治烂腿，他按常规给他内服外敷，医了几次非但不好，反而越烂越大。朱养心用了几种拔毒药物都无效果，只得亲自用舌头把病人的烂肉舔掉，配以生肌散，果然烂处越缩越小，终于治愈了，病人不要说付医金，连谢也不谢一声，竟扬长而去。店里的人都很气愤，朱养心说："我们治病的最终目的是救死扶伤，还病人于健康才算是尽了我们的责任，古话讲得好，医生要有割股之心。"

年脚边，朱家提早分岁，好让伙计、学生们回家过年，在将要吃年夜饭时，烂腿来送谢礼了。打开包裹却是一张翠青欲滴的鲜荷叶包住一堆粪便，伙计们气煞了，拿起来要丢，朱养心说："慢，让我看看，唔！果真是宝贝！"伙计们以为老板得失心疯了，什么宝贝，茅坑里木佬佬。朱先生说："你们这批凡夫俗子哪知奥妙，现在已是隆冬季节，哪里去采这么一张鲜荷叶？"众人一听，对呀！九月里荷叶就枯了，现在是腊月里，哪里去采？都说："果然先生聪明。"

后来朱养心把荷叶剪成一小块贴疮痈，一贴就愈，把像粪便似的东西配制成眼药膏，也有奇效。直到现在，朱养心的绿药膏与眼药效奇如神，听说是上八洞神仙中的铁拐李所送。

讲述者：沈金海　记录整理者：姚兴文

水墨龙救朱养心药店

从前大井巷口有一爿药店，店里有一种专门医烂脚的“铜绿膏药。”

有一天，店里来了个讨饭佬，要医烂脚，伙计看到泥心煞，就要赶he走。这辰光，朱老板从里厢出来说：“你坐下来，我帮你看看。”

看好以后，讨饭佬不肯走，求老板给他吃口饭。吃好饭后，还不肯走，说：“我没地方困，本我张眠床困觉。”朱老板就叫伙计让他睡在柜台外头。以后，朱老板每天给他医烂脚。哪晓得过了一个月，烂疮越来越大，越来越臭，随便啥药都医不好。

两三个月过去了，烂脚还是医勿好，朱老板心里想，百年老店，金字招牌，医不好烂脚，总不是办法。想来想去，只有一个办法，用嘴巴把烂脚脓毒吸出来。朱老板不怕脏，不怕臭，亲自给讨饭佬吮毒治疮，果然过了没两天，烂疮疤慢慢长出了新肉，走路也不跷了。

医好烂脚，讨饭子要走了，临走时光他对朱老板说：“打扰数月，无物道谢。”就从衣兜里取出一幅“水墨龙”画，送给朱老板。

没过几个月，藩司前及大井巷一带火烧，把一大片商号民宅烧得滑塌精光，只剩下朱养心药店，大火烧勿进去。朱老板心里想，会不会是烂脚讨饭的那幅水墨龙画救了火？赶紧拿出水墨龙画一看，果然，画上的那条龙，全身湿淋淋潮乎乎的。从此，朱老板就将水墨龙画挂在药店门口。大家都说那个讨饭子就是铁拐李，朱老板良心好，神仙下凡来救他的。

从此，朱养心的“铜绿膏药”越发有名了。

讲述者：罗仕源　记录整理者：罗谊、潘观炳、唐艳明

铁拐李收乌龙

小螺蛳山东边的宝月山上，有一口乌龙井。相传乌龙井里有一条黑鱼，修炼数千年，修成了龙身。这乌龙神通广大，能呼风唤雨，只要它从井中出来，身后有风雨雷雹相随，路过哪里，哪里遭殃。

这一天，铁拐李撑着拐杖，一脚高一脚低来到大井巷朱养心堂药店门前，坐在阶沿石上。他腿上流着脓血，腥臭难闻。恰巧被店主朱老人看见了，就问他："你腿上的疮生了多久？"铁拐李说："已多年了。"朱老人听了，回到店里，取出一张膏药。他先替铁拐李洗净腿上的脓血，然后贴上膏药，嘱咐道：这膏药灵验非常，贴上三天，就能去脓血，生新肉。铁拐李连谢谢也不说，一跷一拐走了。过了三天，铁拐李又来找朱老人，说腿上的疮并不见好。朱老人揭开膏药一看，果然还是流着脓血。他又替铁拐李洗净脓血，换上一张新膏药。不料过了一个月，膏药换了十次，依然不见效。朱老人自己也不信，这个跷拐儿的疮怎么这样难医？铁拐李最后一次到朱养心堂来，天正下着雨，铁拐李头上戴着一片新鲜荷叶遮雨。他对朱老人说："你说这膏药一贴就好，为什么我贴了十次还是脓血不止？可能你熬药用的炉子有问题。"朱老人听了也不生气，领他到了药室内，这时炉火正旺，铁锅子差不多变红了。铁拐李一句话也不说，脱下戴在头上的新鲜荷叶摊在通红的铁锅内。说也奇怪，荷叶遇热并不变色，竟和铁锅连在一起，黑铁锅变成了绿铁锅。从此朱养心堂的膏药，都变成了荷叶颜色，叫"绿膏药"，朱养心堂的生意越来越好了。

转眼间，铁拐李也不见了。原来他想，朱老人真是一个好人，为穷人医病不计报酬，我何不收伏乌龙，做他店里的镇宅神龙？

铁拐李跑到宝月山上，对着井口俯首大叫三声。正在酣睡的乌龙被吵醒了，腾空飞出井口，张牙舞爪来吞噬铁拐李。铁拐李两脚一顿，飞上半空，乌龙也跟着追上去，喷出雷雨冰雹。说时迟，那时快，铁拐李取下背上的葫芦，掀开盖子，葫芦口里喷出一股气，竟把乌龙庞大的身躯吸进葫芦里去了。乌龙自知铁拐李法术高强，在葫芦里大叫饶命。铁拐李对葫芦口说："要饶命不难，但要听我的话，到朱善人家里去做镇宅神龙。"乌龙说："一切听上仙的吩咐。"

于是，铁拐李带了装有乌龙的酒葫芦，再到大井巷朱养心堂朱老人家里，叫朱老人拿出一张六尺长的白纸，他把酒葫芦里的乌龙倒在白纸上，纸上竟出现了一条水墨龙。朱老人把这幅水墨龙画挂在店堂壁上，因为有神龙镇宅，从此朱养心堂永无火灾之患。

搜集整理者：陈觉民

叶种德堂的御匾

传说，杭州叶种德堂有一张乾隆皇帝送的匾。

叶种德堂药店老板每年叫几名老药工出去采购各种地道药材。有一次，一名药工的包袱里有一小瓶东西，老板不认识，问：“这是什么东西？”药工说：“是狮子油，我路过某地，看见狮子沐浴，就在水面上撇了这么一瓶。”

一天，有人来问：“宝号有没有狮子油？”柜上的伙计都没有听说过这种药，请来老板，老板说：“货有。但不知你们要治什么病？”来人讲：“我们是北京来的绸商，东家在路上受了风寒，太医嘱咐，需用真的狮子油配方。我已问了好几爿大药店，都没有。”说着拿出处方，配好了药，付了钱，来人便走了。

第二天，街上敲锣打鼓，抬了一张匾来。揭掉红绸，却是乾隆皇帝的御笔。原来乾隆下江南，受了风寒，在行宫（现在的中山公园）驻跸，御医开了二分狮子油作药引，但跑遍了杭州城只有叶种德堂有。所以，乾隆风寒一祛，就派人送来一张御笔亲书的匾。

讲述者：李传忠　记录整理者：姚兴文

打乌蛇

这一年，铁匠张小泉因为在家乡得罪了一个大恶霸，在家里站不牢脚，于是带着三个儿子，挑起铁匠担，到杭州谋生。

张小泉家几代都是铁匠，他十六岁就学会了祖传的手艺，接过了阿爸的大锤。因为他心灵手巧，自己又在熔、炼、锻、打各方面想了许多巧法儿，所以打铁的本领比他阿爸还高出一头。

张小泉不但打铁的技艺高，而且还有个好水性呢。原来他姆妈怀孕到十个月时，有一次在泉边洗衣，不知不觉地生下了他，不小心还把他掉进水里，因为这样，便给他起个名字叫张小泉。说也奇怪，从此他就与水结上了缘，两岁三岁溪上爬，四岁五岁河里游，到了十多岁，钻在水底下，可以几个钟头不上来，简直成为水葫芦啦。

张小泉父子一到杭州，便在大井巷搭个草棚棚，开起了打铁铺。大井巷在城隍山脚下，是一个热闹的去处。人们见新开了一个打铁铺，打铁匠对顾客又很殷勤，打出的器物式样也不错，因此都乐意来光顾。过些时候，大家还发现：他铸的犁，耕田特别快当；他打的锄，开地无比轻巧；他制的刀，既不会缺口，又不会倒锋。人们不由惊叹道："嗨，张小泉真是个了不起的铁匠哩！"但是张小泉有一身出色的水底功夫，这就很少有人知道了。

离张小泉打铁铺不远处有口井，井大水深，很清凉，称为"吴山第一泉"。附近六街小巷的人家，都吃这口井里的水。这一天清早，人们从四面八方到大井里来挑水，张小泉的大儿子也担着水桶挤在人群里面。抢在头里的人吊起第一桶水，一看，又黑又浑，有股腥臭味直冲鼻子。他不相信，倒掉水，再吊一桶，嗨，又是这个样子！大家奇怪了：昨天井水还是清清爽爽的，怎么一夜工夫就变了呢？

这时候，人们把一位住在大井近旁的老公公请出来，问问他到底是啥缘故。老公公已有一百多岁，他捋捋胡须说："乡亲们，说起来年数也多了，那辰光我还是个小伢儿呢。有一次听老辈人讲起，这大井是通钱塘江的，钱塘江上面有两条乌蛇，每隔一千年下来一次，总爱钻到这口清凉的大井里来生小乌蛇。乌蛇嘴里吐出毒涎来，就会把井水弄脏。现在井水忽然变黑，说不定就是这乌蛇来了。"

大家听了忙问道：“那乌蛇什么时候才能走呀？”

老公公说：“这就难讲了。据说一千年前那次乌蛇过来，足足赖了半年哩！”

人们一听这样，都发起愁来。眼望着这口深不见底的水井，有谁能赶得跑这两个古怪的畜生呢！大家你看看我，我看看你，一点办法也没有。

张小泉在家里等了好久，不见大儿子挑水回来，以为在井边看什么热闹啦，就挤进人群里来找他。大儿子见阿爸过来，便把事情的前前后后讲了，张小泉想了一会，笑笑说：“好呀，我也有好几年不下水啦。既然井里有这样的稀奇东西，那我倒要去看一看了！”

张小泉这话一说，人们耽心煞[1]了：难道他就这样下去吗？下去后还能不能回来呀？……但是多年来大家摸熟张小泉有个犟脾气：他说出的话，必定要做到；他要做的事，就是皇帝老子也阻止不住。这有什么办法呢？人们只好眼巴巴地望着他……

果然，张小泉真的干啦。他先拉过一个邻居说：“拜托你到酒店给我买两坛老酒来。”

接着又拉过一个邻居说：“麻烦你到药铺给我买两斤雄黄来。”

邻居都照办了，很快买来了老酒和雄黄。

张小泉见东西已经买到，一面吩咐大儿子快去把大锤拿来，一面将两斤雄黄倒进两坛老酒里去，顺手捧起一坛，“咕嘟咕嘟”一口气喝进肚子里，解开纽扣，脱下衣裳，露出紫红色的身子。人们只见他前胸、后背、胳膊、大腿，全是鼓鼓突突的筋肉，结实极啦。这辰光，张小泉见大儿子背着大锤来了。于是捧起另一坛酒，往自己头顶上一倒，“哗啦”一声响，雄黄酒从他头顶一直淋到脚跟。张小泉一把夺过儿子手中的大锤，走上几步，“扑通”一声，就跳进大井里去啦。等张小泉一下去，人们便议论开啦。有人埋怨张小泉大儿子道：“他脾气怪，我们旁人难说话。你是他的亲儿子，为什么不劝他一劝呢？这一去怎么得了！”张小泉儿子笑笑，说声“不

① 耽心煞：杭州方言，犹十分担心。

要紧的”，便把他阿爸的水底功夫如此这般一讲，大家才放下心来。于是一起商量，分班换人，在井口守着。

再说张小泉一落到井里，倒并不觉得怎样难受，因为他喝了又淋了雄黄酒，就不怕乌蛇的毒涎了。他只感到自己的身子慢慢往下沉，浑身凉飕飕的，越往下沉，井水就越凉，过了好些工夫才沉到井底。他睁开眼睛看看，嗨，井底宽阔得很哩！他朝东找找，没发现什么；朝西找找，也没发现什么。后来找到北边的井底，终于在暗角落头找着了这两条黑得发亮的乌蛇，手臂那么粗，双双缠绕在那里。张小泉眼明手快，不等两条乌蛇分开就挥起大锤敲过去，“咣当，咣当，咣当！”一连三锤，锤锤都砸在两条乌蛇的“七寸”上。两条乌蛇的头颈被砸得扁扁的，贴在一处，颤着尾巴死啦。张小泉砸死了乌蛇，便一手提着大锤，一手拎着蛇尾，慢慢地浮到水面来。

当张小泉的头钻出水面的时候，已经是后半天啦。守在井边的人们一见，个个高兴得跳起来，赶紧放绳索下去，一把一把将他拉上来。张小泉爬出井圈，就把两条乌蛇往地上一摔，只听得“当啷啷”一声响，把人们吓了一大跳。原来这两条乌蛇修炼了几千年，早已炼成钢筋铁骨了，要不是绞在一起，张小泉恐怕一下子还不好收拾它们哩！

除掉了乌蛇，大井里的水又变得清凉清凉的啦，人们都很感谢张小泉，说他是个“奇人”。

张小泉把两条奇里古怪的乌蛇拖回家里，看看又想想，想想又看看，看了三天，想了三夜，忽然想到可做件东西，便在纸上画出个图样来。父子四个就照着图上的样子，在蛇颈相交的地方安上一枚钉子，把蛇尾巴弯过来做成把手，又将蛇颈上面的一段敲扁，锉出口，磨得锋快锋快。这样一来，就制造出一把很大很大的剪刀来啦。他们就用这把大剪刀剪布，不论剪直剪横，转弯抹角，都很灵活。于是照着这把大剪刀的式样，又打造出许多小的剪刀来。在这以前，人们是不知道用剪刀的，裁衣得用刀子划，断线要拿刀子割，可气闷啦。自从张小泉制造出剪刀以后，大家要裁就裁，要剪就剪，这才方便呢。因此，用剪刀的人越来越多。张小泉连儿子只四个人，干活哪里来得及呢！便收来一批徒弟，但还是忙不过来。后来，他索性将那把大剪刀在铁匠铺门口一挂，当作货样，不卖别的铁器，专卖剪刀——张小泉剪刀的名气就这样传遍杭州，传遍全国。

过了好些年，张小泉去世了，他的三个儿子分了家，三兄弟开起了三个铁匠铺。他们都觉得用阿爸的名字招牌硬，于是都用“张小泉剪刀”这块招牌。张小泉的徒弟知道了，就说：“儿子好用阿爸的招牌，难道徒弟用不得！”于是他们也都挂起“张小泉剪刀”的招牌来。儿子传儿子，徒弟传徒弟，于是杭州的“张小泉剪刀”店就非常之多。

因为过去张小泉开打铁铺时，曾经把用乌蛇打的大剪刀作为货样挂着，所以直到现在，杭州有的剪刀店还保留着挂大剪刀作货样的这个习惯哩。

搜集整理者：徐飞、徐光达

张小泉剪刀

明末清初的时候，安徽地方有个有名的铁匠，名叫张小泉，因为逃避清兵，夫妇俩挑起铁匠担，带了三个儿子，一家五口逃到杭州来谋生。张小泉家世代以打铁为生，他从小就跟着爸爸，抡起小铁锤，学会了祖传的好手艺。他心灵手巧、勤奋学习，熔、炼、锻、打各方面技艺都胜过他爸爸一筹。

张小泉父子来到杭州，就在城隍山北麓的大井巷里搭了个草棚棚，开起打铁铺，因为，这里是上山烧香的必经之路，张小泉打的铁器又好。他打的柴刀砍起柴来，轻巧锋利；他制的菜刀，斩起肉来，麻利不卷刃。开业以来，生意兴隆，日子火红。

有一年，离张小泉打铁铺不远处的一口大井发生了一件怪事。原来井大水深，清凉甘洌，有“吴山第一井”之称。大井巷附近的住家店铺，淘米、洗衣、吃水，都靠这口井水生活。谁知道，这几天井水却不时翻腾，又黑又浑，变得腥臭异常。家家断了水源，人人生活不安。张小泉感到十分惊异，请教住在巷内的一位百岁老公公。

老公公告诉他，听老人说，这大井是通钱塘江的，江里有两条乌蛇，每隔千年要到大井里来生小乌蛇。乌蛇嘴里吐出来的毒涎，就把井水变黑变臭。现在，井水突然发黑发臭，说不定就是乌蛇在作祟。

乡亲们听了都发起愁来，大家你看看我，我望望你，摇头叹息，默默无言。这时，张小泉对乡亲们说：“不要发愁，两条小小乌蛇，有什么了不起，让我下井去看看。”

乡亲们一看是铁匠张小泉，知道他身强力壮，打起铁来半天不休息。但是这井又深又大，如何能下得去呢？乡亲们只知道张小泉打铁技艺高，不知道他有一身好水性。原来他姆妈怀孕到十个月时，有一次在泉边洗衣，生下了他，准备用泉水把他洗洗干净，一不小心，把他掉落水里，小张小泉不哭不闹，还划得好欢，这样就给他取名叫小泉。

只见张小泉回去抡了一把大锤，吩咐两个儿子：一个到酒铺，打二坛烧酒；一个到药铺，买二斤雄黄。然后将雄黄倒进烧酒里，将一坛雄黄烧酒“咕嘟咕嘟”一口气喝进肚里，解开纽扣，脱下衣衫，露出紫铜色的胸膛，捧起另一坛雄黄烧酒，往头一倒，“哗啦啦”从头顶一直淋到脚跟。他二话不说，走到井边，“扑通”一声，就跳到大井里去啦。

众乡亲看见张小泉跳进大井里去，又是惊喜，又是着急。大家拥到大井边，为张小泉担心。

张小泉纵身跳进大井里，一个猛子直往井底沉去，觉得井水越来越凉，一会工夫，沉到井底。睁眼一看，井底平坦无物，东找西找，终于在井底东边，看见一个黑乎乎的大洞，有两条手臂样粗、乌黑发亮的乌蛇，头并头地盘绞在一起。

张小泉眼明手快，趁两条乌蛇不备，抡起大锤敲了过去，“咣当，咣当，咣当”一连三锤，锤锤都打在两条乌蛇的“七寸”上，顷时，将两条乌蛇的头颈砸得扁扁的。蛇嘴里还冒出一股股黑水，蛇尾乱扫了一阵，就慢慢死去啦。张小泉吃过雄黄烧酒，不怕蛇毒，走上前去，一手提着大锤，一手拎着蛇尾，双脚划动，浮出水面。

乡亲们看见张小泉从井底浮了上来，手中拎着的两条乌蛇“咣啷啷”直响。原来这两条乌蛇修炼了几千年，早已炼成钢筋铁骨。大井除了乌蛇，又开始变清啦。

张小泉下井除乌蛇的消息，一传十，十传百，整个杭州城都传遍啦！父老乡亲都从四面八方赶来看乌蛇，打铁铺挤满了看热闹的人，张小泉只好将两条乌蛇在店铺门口一挂，让大家去看。他自己一有空，也望着两条乌蛇出奇，一连看了三天，想了三夜。忽然，他想出一个好主意。他仿照两条乌蛇交叉的样子，打成一把大铁器，在两条乌蛇“七寸”交叉处按上枚钉子，又将蛇头一边敲成扁平，磨磨锋利，双手捏住蛇尾活动起来，剪起树枝、铁皮，“嚓嚓嚓”，十分快索利落。后来，张小泉又仿照大剪刀的样子，打成一把把小剪刀，既可以剪布，又可以断线，比从前用刀子切布、割线便当多啦。他把剪刀放在店铺里出售，乡亲们一试，果然简便，于是用剪刀的人越来越多，张小泉的剪刀供不应求，从此出了名。张小泉死后，他三个儿子分了家，也分别以父亲的名字，各自开起张小泉剪刀铺。以后，他的徒子徒孙也以张小泉的名字，在杭州大街小巷开起张小泉剪刀铺。所以，“青山映碧湖，小泉满街巷”成了杭州人形容张小泉剪刀店众多的一句俗语。

讲述者：吴耀宗　记录整理者：吴华

张小泉除妖创名剪

明末清初的时候，有个名叫张小泉的铁匠，为逃避清兵，夫妇俩挑起铁匠担，带了三个儿子，一家五口，从安徽逃到杭州来谋生。张小泉家世代以打铁为生，他从小就跟着爸爸，抡起小铁锤，学会了祖传的好手艺。以后，他凭着自己的心灵手巧，勤奋学习，在熔、炼、锻、打各方面技艺，都胜过他爸爸一筹。

张小泉父子来到杭州，就在城隍山北麓的大井巷里搭了个草棚棚，开起打铁铺。他打的柴刀砍起柴来，轻巧锋利；他制的菜刀，斩起肉来，麻利不卷刃。开业不久，生意便兴隆起来，小日子也过得红红火火起来。

有一年，离张小泉打铁铺不远处的一口大井，发生了一件怪事。这口井井大水深，清凉甘洌，有“吴山第一井”之称。大井巷附近的住家店铺，淘米、洗衣、吃水，都靠这口井水生活。谁知道，这几天却井水不时翻腾，又黑又浑，变得腥臭异常。家家断了水源，人人生活不安。张小泉感到十分惊异，请教住在巷内的一位百岁老公公。

老公公告诉他，听老人说，这大井是通钱塘江的，江里有两条乌蛇，每隔千年要到大井里来生小乌蛇，乌蛇嘴里吐出来的毒涎就会把井水变黑变臭。现在井水突然发黑发臭，说不定就是乌蛇在作祟。

乡亲们听了都发起愁来，大家你看看我，我望望你，摇头叹息，默默无言。这时，张小泉对乡亲们说：“不要发愁，两条小小乌蛇，有什么了不起，让我下井去看看。”

乡亲们一看是铁匠张小泉，知道他身强力壮，打起铁来，半天不休息。但是这井又深又大，如何能下得去呢？因为，乡亲们只知道张小泉打铁技艺高，不知道他有一身天生的好水性。原来他姆妈怀孕到十个月时在泉边洗衣，生下了他，本想用泉水把他洗洗干净，一不小心把他掉落水里。谁知道，小张小泉不哭不闹，还划得好欢。就这样给他取名叫小泉了。

只见张小泉回去抡了一把大锤，吩咐两个儿子：一个到酒铺，打二坛烧酒；一个到药铺，买二斤雄黄。然后将雄黄倒进烧酒里，将一坛雄黄烧酒，“咕嘟咕嘟”一口气喝进肚里，解开纽扣，脱下衣衫，露出紫铜色的胸膛，捧起另一坛雄黄烧酒，往头上一倒，“哗啦啦”，从头一直淋到脚跟，他二话不说，走到井边，“扑通”一声，就跳到大井里去啦。

众乡亲看见张小泉跳进大井里，又是惊喜，又是着急。大家拥到大井边，为张小泉担心。

张小泉纵身跳进大井里，一个猛子直往井底钻去，觉得井水越来越凉，一会工夫，来到井底。睁眼一看，井底平坦无物，东找西找，终于在井底东边看见一个黑乎乎的大洞，有两条手臂样粗、乌黑发亮的乌蛇，头并头地盘绞在一起。

张小泉眼明手快，趁两条乌蛇不备，抡起大锤，敲了过去，“咣当，咣当，咣当”一连三锤，锤锤都打在两条乌蛇的“七寸”上，砸得两条乌蛇嘴里冒出一股股黑水，蛇尾乱扫了一阵，就慢慢地死去啦。张小泉吃过雄黄烧酒，不怕蛇毒，走上前去，一手提着大锤，一手拎着蛇尾，双脚划动，浮出水面。

乡亲们看见张小泉从井底浮了上来，手中拎着的两条乌蛇“咣啷啷”直响。原来，这两条乌蛇修炼了几千年，早已炼成钢筋铁骨。大井除了乌蛇，又开始变清啦。

张小泉下井除乌蛇的消息，一传十，十传百，整个杭州城都传遍啦！父老乡亲都从四面八方赶来看乌蛇，打铁铺前挤满了看热闹的人，张小泉只好将两条蛇在店铺门口一挂，让大家去看。他自己一有空，也望着两条乌蛇出奇，一连看了三天，想了一夜。忽然，他想出一个好主意。他仿照两条乌蛇缠绕的样子打成一把大铁器，在两条乌蛇“七寸”交叉处按上枚钉子，又将蛇头一边敲成扁平，磨磨锋利，双手捏住蛇尾，活动起来，剪起树枝、铁皮，“嚓嚓嚓”，十分快索利落。后来，张小泉又依照大剪刀的样子打出一把把小剪刀，既可以剪布，又可以断线，比从前用刀子切布、割线，便当多啦。乡亲们一试，果然简便，于是用剪刀的人越来越多，张小泉的剪刀供不应求，从此出了名。张小泉死后，他三个儿子分了家，也分别以父亲的名字，各自开起张小泉刀铺。以后，他的徒子徒孙也以张小泉的名字，在杭州大街小巷开起张小泉剪刀铺。所以，“青山映碧湖，小泉满街巷”成了杭州人形容张小泉剪刀店众多的一句俗语了。

搜集整理者：莫高

孙氏告状

清朝同治年间，张小泉剪刀传到第四代张利川手里，名气越发大了。不要说杭州百姓，就是在全国各地，买剪刀都认定张小泉牌子。

有些同行见张小泉的名气越来越大，心里不服气，就做假货冒充“张小泉”剪刀，没有几天，张小泉的牌子一下子倒掉了。张利川实在不情愿祖宗的牌子倒在自己手里，但又想不出好办法，加上多年劳累，便一病卧床不起，不久，就丢下妻子孙氏和幼子张永年，命归黄泉了，这一年是光绪二年（1876）。

张利川死后，孙氏抱着张永年，孤儿寡妇，也着实罪过。想到张家的家业落到这种田地，一个妇道人家有啥法子，常常哭哭啼啼。这一天正在堂前闷坐，忽听外面鸣锣喝道：“县官老爷到啦！”孙氏眼睛一亮，不顾披麻戴孝，赶紧跑到街上当道跪下，拦住官轿大喊冤枉。

轿中坐着的正是县官老爷束允泰。束老爷听见喊冤，忙喊停轿，吩咐呈上状纸。孙氏哪有状纸？只得口诉。束老爷见孙氏一身素白，必有冤情，就点点头应允了。孙氏如此这般把同行冒牌气死夫婿，留下幼儿寡妇难以为生的情由一一说出。

县老爷听后，眉头一皱，十分为难：这样的案子从来没有遇到过，怎么个断法呢？心想不管拉倒！不过，看看孙氏实在罪过，他捋捋胡须低头忖了好久，命人拿笔墨纸砚来，当街写下“永禁冒用”四个大字。唤人将这四个字刻在石碑上，立于张小泉店门口；又吩咐四处张贴告示禁止冒用张小泉牌子。

孙氏拦轿告状，束知县当街断案一事，马上在杭城街头巷尾传开来，同行就再也不敢假冒张小泉的牌子了。

后来，孙氏重振家业，传到张永年这一代，“张小泉”的牌子越来越靠硬①，一直传到今天。

讲述者：陈刚林　记录整理者：戚永兴

① 靠硬：杭州方言，犹过硬。

乾隆巧遇张小泉

故事发生在乾隆皇帝第二次游江南的时候。这年春天的一天，乾隆一大早就扮作做生意的模样，到吴山耍子。

吴山上斗鸟儿的，卖酥油饼的，喝茶听书的，算命测字的，闹猛得很。乾隆东看看西望望，正耍子得高兴，天公突然落起雨来。乾隆只得下山，到大井巷口一爿店里躲雨。

乾隆走进店堂，只见当中挂着一块匾，匾上写着三个金字——张小泉。柜台后面墙壁上挂着各式各样的剪刀，这才晓得，原来是爿剪刀店。仔细一看，一把把剪刀实在漂亮，不知不觉喊出声来：“好手艺！”

这爿店就是赫赫有名的“张小泉”剪刀店。老板是张小泉的儿子张近高[①]。他一听得赞扬声就迎上前去说：“客官，你看上敝店的小玩意儿了吗？”乾隆答：“是的，请快拿些出来让我瞧瞧。”张近高一边应着，一边整整齐齐地把大小各式的剪刀在柜台上摆了开来。乾隆拿起一把试了试，一开一合非常灵巧；又接过张近高递来的一块布，“咔嚓，咔嚓”剪了几下，不夹口不带丝，锋利无比。张近高又把一块布折叠起来，二、四、八、十六……一直折到六十四层，随手拿起一把剪刀，咔嚓一声，齐崭崭剪下来，赛过切豆腐。乾隆又亲自照式照样试了试，也同样灵光，便不停地喊起好来，随后就吩咐把柜上的剪刀包起来统统买了。

乾隆回京后，把这次游江南巧遇“张小泉”的事，详详细细地向宫中的人谈了，大家都觉得十分有趣。乾隆把从杭州买去的“张小泉”剪刀留起自己用的，其余的统统赏给了大家。这些人用了以后，都说张小泉剪刀好。后来乾隆就降旨，把杭州张小泉剪刀定为宫廷用品。

讲述者：陈刚林　记录整理者：戚永兴

① 实际上，张小泉在明崇祯年间创立“张大隆”，清康熙二年，其子张近高将招牌更名为“张小泉”，而乾隆巡至杭州时店铺老板为张近高之子张树庭。

王饭儿

杭州王润兴饭店，人称“王饭儿”（又称“皇饭儿”，杭州方言中“王”“皇”不分），它的来历与乾隆皇帝有关。

乾隆皇帝六下江南、五游绍兴，到杭州时，他想看看吴山的景色，便在大井巷里找了个小客栈安身。这家客栈的店主名叫王永泉，店面不大，却收拾得十分清爽，房间里棕棚木床，纱帐洁白，被褥松软，绣枕高叠，简单的桌椅灯台，纤尘不染。更有意思的是，墙壁上还挂着字画，面盆架上搭着花巾，虽是土织，四角却也绣了花儿。乾隆十分满意，便化名高天赐住了下来。

王永泉的客栈，还兼卖酒饭。原来他做得一手好菜，每餐的菜肴轮换着上桌，荤菜有荤菜的滋味，素菜有素菜的清香，所以乾隆皇帝连吃饭也在小客栈里。几天下来，主客有说有笑，漫话家常，王永泉又侍候得非常周到，连客人换下来的衣裤也都帮着洗干净，更博得乾隆的欢喜。

一天，乾隆皇帝上山游览，忽然天色转暗，下起阵雨来。乾隆没带雨具，急急跑下山来，衣帽都淋湿了，便开箱取衣更换。王永泉侍候在旁，发现衣箱里的衣服都绣着蟠龙，觉得这个客人不同寻常。王永泉听说乾隆皇帝又下江南了，暗想他莫非就是乾隆？便假痴假呆地轻声问道：“高老爷你是万岁爷吧？”乾隆看他侍候周到，又见他年轻老实，便不再隐瞒，说：“你不要多讲！”从此，王永泉更是小心服侍，谨慎从事，不再另接客人住宿，把全身心力都用在饭菜上。一天烧了个菠菜煎豆腐，乾隆吃得很香，便问：“这个菜叫什么名字？”王永泉福至心灵，便编着故事说：“这菜还没名称呢，看菠菜碧绿，菜根绯红！豆腐煎得焦黄，中心洁白如玉，我想叫它‘红嘴绿鹦哥，金镶白玉嵌’怎样？”乾隆听了哈哈大笑：“看不出，你很有头脑。”

日子久了，主客说话越发投机。一次，乾隆说：“凭你的烹调手艺，满可以开一爿饭店，生意一定兴旺，我给你写个招牌，叫‘王饭儿’，资本不够，我借给你。”王永泉听了，连忙跪下叩头谢恩。待乾隆走后，王永泉就在鼓楼旁边开起了“王润兴”饭店，把御赐的“王饭儿”三字做了金字牌匾，悬挂在堂口。王润兴最著名的菜如“鱼头豆腐”“家乡南肉”“菠菜豆腐”，都是乾隆皇帝爱吃的，所以开店不久就宾客云集，生意兴隆，成为杭州名牌菜馆的魁首。

搜集整理者：章达庵

鲢鱼豆腐皇饭儿

南宋烹饪古籍《山家清供》里有一个典故，说有一天，太宗问他的大臣苏易简：“食品称珍何者为最贵？”苏易简回答：“食无定味，适口者珍。”——提起杭州的传统菜肴“鱼头豆腐”，也有段“适口者珍”的故事。

传说乾隆皇帝下江南，巡游到了杭州。有一天，他换上便服，打扮成一个平常人的样子，上吴山游玩。山上奇石、古迹遍布，茂林修竹，葱茏郁秀。乾隆一面欣赏美景，一面吟起了他的先辈康熙皇帝赞誉吴山的诗：

左控长江右控湖，万家烟火接康衢。
偶来绝顶凭虚望，似向云霄展画图。

正当他摇头晃脑得意时，突然下起了暴雨，躲也没处躲，藏也没处藏，被淋得像个落汤鸡。他冒雨跑到半山腰才见到一户人家，便急忙躲到破屋檐下去避雨。哪知，江南的雨下起来是一时半会儿停不下来的。此刻，乾隆又冷又累，又饥又饿，再也顾不上摆他平日那种皇帝架子，只得去敲门讨口饭吃。

门儿里这家主人是一个饭馆跑堂的，名叫王小二。他见这个游客一副狼狈相，不免有些同情，连忙张罗着弄吃的。可是，王小二很穷，家里实在没有像样的好饭菜。凑来凑去，只好把吃剩下的一只鲢鱼头加上一块豆腐，收拾收拾放在砂锅里炖炖给乾隆吃。饥饿难忍的乾隆狼吞虎咽，吃得美滋滋的，好像比在宫里吃的山珍海味还对胃口。他吃完这顿饭菜觉得很舒服，自言自语地说：“真乃适口者珍啊！”

后来，乾隆又一次下江南，来到杭州，正逢春节，他特意去找王小二。这时，王小二已被老板辞退，闲在家里。乾隆问他过得怎样，王小二答：“唉，一年不如一年！”乾隆为报王小二的一餐之赠，便资助他在河坊街吴山脚下开设了一爿叫“王润兴”饭店，还亲笔给他题了“皇饭儿”三个字。王小二这才知道这位曾经向他讨口饭吃的人是当今皇帝。他挂起了“皇饭儿”的金字招牌，专门烹制鱼头豆腐。他把鱼头豆腐烧得越来越好，达到了滑润鲜嫩、汤醇味厚、清香四溢、更加适口的境地。于是，这道菜渐渐流传开来，成了江南名肴。时至今日，去品尝的人依然络绎不绝。

搜集整理者：西野

王润兴的当家菜

早先，杭州有家王润兴饭店，双间店面，很不起眼，备菜也不多，“当家菜”只有两样：一样是家乡盐肉——杭州人叫它“盐件儿”，咸淡适口，香气扑鼻，肥肉不腻，瘦肉不韧，一碟一块，要肥要瘦要五花，全凭客便；另一样是鱼头豆腐羹，选料考究，现烧现吃，一锅一碗。使人感到神奇的是，这鱼头豆腐羹每碗味道不同：四川人会尝出川菜味，广东人会尝出粤菜味，苏州人吃起来有甜味，湖南人吃起来有辣味。

为了使这两样“当家菜”配顾客的胃口，掌柜王饭儿亲自做跑堂，使出浑身解数弄清顾客的爱好，对老顾客的口味心里自然有本账。对第一次来店的新顾客，他眼观神色，耳听口音，口问食性，全神贯注，做到不弄清情况不喊菜。他和掌勺的大师傅有个默契，在喊菜时拖得老长的尾声里，夹进别人听不懂的“行话”，而掌勺的一听就知道这菜该是什么味。所以端上来的菜，人人适口，个个满意，小饭店出了大名气。

一天，来了两位老顾客，点了鱼头豆腐羹。王饭儿一看便知道一个喜欢吃得清淡，另一个喜欢吃得咸些，就喊掌勺的用“一碗两开”的办法，同锅烧成，分装两碗，其中一碗多搁些盐。两位顾客吃后说：“这办法好，但还有不足。鱼头豆腐羹用小碗分装，容易冷。明天中午我们两人想合吃一碗羹，喜咸的吃起来咸，喜淡的吃起来淡，办得到吗？”王饭儿眉头一皱，思索片刻，回答道：“好，明天中午，我们一定烧出一碗两味鱼头豆腐羹来。”

第二天，两位老顾客果然准时来了。王饭儿拿出两只紫砂羹匙，在两人面前一摆，然后端出一碗鱼头豆腐羹来。爱咸的顾客舀羹一尝，说：“咸得入味。”爱淡的顾客舀羹一尝，却说：“清淡适口。”怪了，一碗羹真的烧出两个味来！原来，这碗羹本身是烧得清淡的，只是爱咸的顾客所用的紫砂羹匙放被王饭儿在盐汤里足足煮了半天，用它来舀羹，吃起来就咸了。

这故事被当成奇闻一传开，王润兴店生意越加兴隆了。

搜集整理者：何紫宸

三元及第奎元馆

杭州“奎元馆”始创于清末，至今已有近一百六十年历史。

奎元馆原是一家没有招牌的小面店。那时候，全省各地中了秀才的读书人到杭州贡院来考举人，进考场前总要吃早点，店主为了招徕这些读书人的生意，特地烧了一种“三元面”供应顾客。这“三元面”其实就是在面碗上放了三只茶叶蛋，取个“连中三元”的意思。因为寓意吉祥，来赶考的秀才都喜欢讨个口彩，所以面店的生意也就渐渐好起来了。

有一天清早，一位年轻的秀才走进面店，向店主要了一碗阳春面，一边吃一边温习诗书。店主问他为何不吃“三元面”讨个吉利，那秀才说：“只因家境贫寒，连路费都是亲友接济的，不敢为饱口福多花钱。”店主见他眉清目秀，说话入情入理，不觉动了爱怜之心，就免费送他三只茶叶蛋，并说：“祝相公连中三元。”秀才十分感激。

后来，这秀才果然中了贡元，放榜之日，他特地来谢店主，说：“你店未有招牌，我就替你写块招牌，聊表谢意吧！”于是，提笔写了“奎元馆”三个字。

从此以后，奎元馆的生意越来越兴旺。

讲述者：汪赞源　记录整理者：汪赞祥、宋光甫

奎元馆

乾隆御书颐香斋

杭州城里有爿专门制作糕饼的百年老店，叫颐香斋。传说这块金字招牌还是乾隆皇帝御笔亲题的呢！

那一年，乾隆皇帝南巡来到杭州。这天傍晚，乾隆微服走过清泰街义井巷口，忽然闻到一股糕饼香。只见不远处一盏灯笼高挂，灯下一位师傅正在蒸糕。乾隆走得饿了，也不问价，拿起一块糕就吃了起来，只觉香甜可口，十分好吃，不知不觉已三五块落肚。俗话说“适口者香”，乾隆十分满意，便问：“此糕为何这般香啊？”

蒸糕的师傅是苏州人，姓葛，是个念过书的秀才，因屡试落第，流落到杭州老管家家里。老管家原是糕饼师傅，主仆二人就在义井巷口摆个糕饼摊度日。不久，老人家故世，葛相公只好独自摆摊卖糕。眼下见吃糕的动问，便回答说：“我做的糕，选用苏州府吴江香糯米，自制糯米饴糖调和，所以这糕香糯适口。”

乾隆见这蒸糕师傅眉目清秀，谈吐不俗，不觉又问：“你这糕铺叫什么字号？”“客官，这小小糕饼摊子，还没有字号招牌。”乾隆见说没有招牌，一时兴起，便说：“你做得如此香甜之糕，怎能没有一块招牌？可有笔墨，我来给你题写。”

葛师傅从屋里拿出笔墨纸砚。乾隆展开纸，提笔写下“颐香斋”三个字，把笔一丢，正想辞去。葛师傅看了“颐香斋”三个字，一把拉住他说：“客官写错字了。”乾隆一听，忙问：“错在哪里？”葛师傅道：“《诗经》里有‘甘之如饴’之句；苏东坡诗曰：‘小饼如嚼月，中有酥如饴。’由此之故，应该写成‘饴香斋’才对呀！”

乾隆听了，羞得脸上红一阵白一阵，但他死要面子，争辩说：“颐，脸颊也，脸岂有不香之理！”葛师傅和乾隆两个各不相让，争得面红耳赤，引来了不少人围观。乾隆怕众人笑话，一时忘了自己是微服私访，情急之中，提笔在“颐香斋”下面写下“乾隆”二字。众人见是当今皇上御笔亲书，惊得全都跪倒在地，口呼“万岁”。

第二天，杭州城里人听说乾隆皇帝为糕饼摊题写招牌，都来看热闹。这一来，糕饼生意越来越好。不久，葛师傅便在义井巷口开了一爿糕饼店，把御笔题写的“颐香斋”做成金字招牌挂了起来。

搜集整理者：李永海

采芝斋的传说

杭州有一爿采芝斋，是远近闻名的食品店。说起这爿店，还有一段故事哩。乾隆年间，有位姓刘的商人，见杭州山清水秀，便带了家眷来这里开了一爿书店，取名为“采芝斋”，意思是这里的书就像灵芝，一样妙不可言。可是，来买书的人却很少。原来，他卖的书都是杭州早已滞销的旧书、老书，当然卖不出去了。

这时，在绍兴有位卖糖果的张小二，见绍兴的糖果摊实在太多了，生意不太好做，也来杭州，在采芝斋旁边摆了个摊儿卖糖果。这张小二脑子灵，花头精多，变着法儿做糖。什么薄荷糖、粽子糖、芝麻糖、梨膏糖、生姜糖、麦芽糖……不但小伢儿见了嘴馋，嚷着要吃，连大人也禁不住买点儿尝尝。于是，生意越做越兴旺，有时候来买糖的人实在太多了，张小二一个人忙不过来，闲着的刘老板就给他帮忙。这样一来二去，两个就成了好朋友。

眼看书店生意清淡，刘老板心里好着急。一天，他找张小二商量说：“小二呀，我的书店是开不下去了，想把你的糖摊儿搬进店里来，我们俩合二为一，开个大糖果店，好不好？”张小二听了，当然求之不得，就这样定了下来。

第二天，两人就整理店面，重新开张。刘老板看了看“采芝斋”这块招牌，又对张小二说：“你看招牌要不要换一换，哪有糖果店叫采芝斋的？”张小二说：“不用换了，这样不是别有风味嘛！”

这样，采芝斋糖果店这个名字就一直延续下来。

搜集整理者：徐岚

宓大昌的传说

过去，在清河坊有一家专卖烟丝的宓大昌烟店，这家店资产雄厚，远近闻名。老板做生意手腕高明，他说：“舍不得小钱，就赚不来大钱。”他在店堂里放上一箩筐烟丝，供过往行人吸烟。只要自备烟斗在店里点火，就免费供应，即使连吸十筒八筒也不计较，并交代伙计，不可怠慢来吸白烟的人。他认为吸白烟的越多越好，这是最好的招牌。这件事被八仙中的铁拐李知道了，他要试一试真假，就拿了一只大烟斗来宓大昌吸白烟。

这天，铁拐李来到宓大昌门口，看到一筐烟丝，就站在旁边装烟，一下子就把一筐烟丝装进烟头里去了。老板看到箩筐里空了，忙叫学徒去抬一筐来。铁拐李又一下子装光了。老板又叫学徒抬出一筐来。这样，铁拐李的烟斗里足足装了三箩筐烟丝。他点上火，一边吸，一边跑，一边叫：“宓大昌的烟丝真香。”在他经过的路上，烟香阵阵，经久不散。

从此，宓大昌的名声一下子远近闻名，生意更加兴隆，变成全省最大的一家烟店了。

搜集整理者：罗阿玉

杭州宓大昌烟號
並無分
一家
開設
清河坊拐角

宓老板发迹

从前，清河坊四拐角有爿宓大昌旱烟店，在卷烟未传入中国的辰光，生意非常好。

宓大昌发迹有一个传说。

有一天，宓老板在状元馆和两个朋友喝酒吃面，看到一个满面胡子的壮汉走进店来，他的胡子又浓又长，宓老板想这个人怎么吃东西呢？便招呼那壮汉同桌坐下，请他喝酒吃面。那壮汉谢了一声，从袋里摸出一副金钩子，耳上一套，把胡子全部钩起。宓老板这才明白，原来把大胡子钩起来就不会溅上汤水了。

壮汉吃完面，立起身来说：“多谢了，以后到鄱阳湖来玩，碰到有事只要叫一声金钩胡子，我会来的。”说着，扬长而去。原来他是鄱阳湖中的盗魁。

次年秋后，宓老板到江西进烟叶，他的本钱有限，只买了两三件烟叶，货色不多，就搭了别人的船。船进了鄱阳湖，船里的人在窃窃私语，担心碰着水盗。船行了几里路，果然从芦苇中窜出一只“浪里跳”，插到船头，拦住去路，要船家把船靠向一个小岛。

大船靠上小岛，人都上了岸，货色也全部发上岛，宓老板的烟叶当然一起发了上去。一个水盗头目给每人发了几百个铜圆，叫大家上船开走。这时，许多人都跪下叩头哀求，宓老板心里急煞。也是他时来运转，突然想到金钩胡子，心里一横，就放开喉咙大叫：“金钩胡子大哥！”水盗听了一惊，一把抓住宓老板问道：“你叫什么？”宓老板说：“金钩胡子大哥是我的老表。”头目当即叫众盗把这批人带进小岛，一面把宓老板让到另一间房中坐下，去请金钩大王。

大约过了半个时辰，宓老板听到外面叫：“金钩大王！”心里扑扑乱跳，我无非请他吃了碗面，时间已过了一年多，如果记不起我，性命难保了。过了一歇，金钩胡子进来，抢步上前抓住宓老板的手说：“老表！一年多了！很挂念你呢！今天来了，在岛上玩几天。”宓老板心头的石块落了地，对金钩胡子说：“有几件烟叶可否还给我？”金钩胡子笑笑：“不会少的，你们一起玩几天，然后回去。”接着就带大家一起上船，到了另一个岛上，陪着宓老板饮酒玩耍。一连几天，大家都想早点回去，金钩胡子也不挽留。

离开小岛时，别人的东西全发回船上，唯独宓老板的烟叶不曾发还。宓老板心想，难道他们没有烟吃？金钩胡子拍拍宓老板的肩膀说：“老表，你的烟叶这里摆不下，我已用另一条船给你送回去，你就上那只船吧！”说罢领他到另一条船上。宓老板看到许多烟叶，就说：“金钩大哥，我没有这么多烟叶！”金钩胡子说：“这些烟叶是几次收税积下的，我这里哪用得这么多，不如你给我带了去，也算我的一点心意。”宓老板连忙表示感谢。金钩胡子一直送过鄱阳湖才分手。

宓老板有了这一船烟叶，从此就发迹了。

讲述者：刘昌辉　记录整理者：胡品菊

宓大昌烟店的传说

从塘栖到杭州的航船就要开了，正在这辰光，“等一等！”随着喊声，急匆匆走来一位年过花甲的老者，船工马上扶他上船。进舱一看，各就各位，满满一船人，已没有座位了，船到杭州要一天，站着是吃不消的。正为难间，旁边一位小伙子站起来说：“老伯请坐这里吧！”老者也不客气，便就座了。

路远水长，众乘客有打瞌睡、有闲谈、有抽烟的，老者也摸出一支一尺多长黑不溜秋的旱烟管，象牙烟嘴，黄金烟锅，带着翡翠烟壶。掀开烟壶，却已空了。原来走得匆忙，忘了带烟丝，见旁人吞云吐雾，熬不牢烟瘾，向旁人讨点烟丝，人家都不肯。让座位的那个小伙子说：“老伯如不嫌蹩脚，我有烟丝。”老者接过他的烟荷包，二人东拉西扯地闲谈起来。小伙子叫水根，是杭州宓大昌烟店的刨烟工，因母病回家，现在病愈便回去上工。中午，众乘客都拿出自己准备的干粮当午饭，老者干瞪着眼看大家吃，水根说：“大概老伯没有带干粮！”老者说：“清早急忙搭船，不知要自带干粮。”“可惜我的干粮太粗糙，不知老伯要吃吗？”老者说：“世上‘饥’最好吃，让我尝尝。”老者接过青稞咬了一口，只觉一股蓬蒿清香，咬着里面的荠菜、狼鸡头，齿颊格外清香，吃了讨添。

船到杭州已是烧夜饭辰光，乘客们乱哄哄争先恐后地踏跳上岸，老者刚踏上跳板，被人一挤，人倒没被挤下，把一支镶金带玉的烟管挤下江去。老者大喊：“哪一位下去帮我捞一捞？”这时虽在清明节后，天气转暖，但钱塘江水还有寒意，不给赏金谁肯下水？水根驮着行李挤上前来，看见老者哭作拉乌的样子，说：‘我来捞捞看。”便放下行李，脱掉衣裳，问清方位，跳下江去。这支烟管分量不轻，但在钱塘江里早已随水氽开去了，水根扎了好几个猛子才捞将上来。老者接过烟管也不称谢，只是吹吹吸吸，看烟管眼里有没有泥沙塞着。这时看热闹的人见没有热闹瞧了，纷纷上岸，船一晃，老者一个不留神，又把烟管掉到江里去了。老者说：“再下去给我捞一捞。”水根已冻得皮色发紫，心想迟点下去烟又要被江水氽远，深吸一口气，又跳下江去。还好，这次一下子就捞着了。他怕再掉下江去，爬到岸上才把烟管交给老者，换掉湿衣拿了行李就走。老者追上去说：“水根，你做我的儿子好不好？”水根说：“这个我不敢做主，我要问过母亲才能回答。”“那么就做我的外甥吧！”水根想这倒也可行！看老者不像坏人，马上放下行李，在路边行了礼，认作舅舅。老者取出一个翡翠扳指作为见面礼，还说明天来看他。

第二天上午，清河坊宓大昌烟店走进一位老者，递上一张名片，说来望望外甥。老板接过名片，戴上老花眼镜，吓了一跳，只看清名片上“钦赐黄马褂彭玉麟”几个字，心说水根这个小鬼怎么以前没有露过口风，竟是此人的外甥。忙递烟、端茶叫账房先生陪坐，亲自跑到工房叫水根快洗洗干净，换件长衫，你娘舅来看你了。一面吩咐伙计到状元馆叫一桌上等酒席，款待彭玉麟舅甥俩。

老板心里盘算，自己只有一女，正为婚事伤脑筋，高不攀低不就，水根身体好，为人勤俭谦和，又是本行，正好继承自己的家业，还有一株大树可以乘凉，便暗中向账房打了招呼。席间账房向彭玉麟提出老板有招婿之意，正好水根还未定亲，当场由彭老与账房为媒证，那只翡翠扳指作为聘礼，定下此事。

后来浙江制军、三大宪、府台、钱塘、仁和等大小衙门都来送礼贺喜，从此宓大昌的生意越来越兴旺。

讲述者：李传忠　记录整理者：姚兴文

边福茂鞋子

杭州人有一句俗话：头顶天，脚踏边。“天”指的是天章帽店，“边”指的是边福茂鞋店。意思是说，头上戴的帽子，一定要买天章的；脚下穿的鞋子，一定得买边福茂的。从这句话里可以想见，杭州人对这两家百年老店有多信得过了。

相传边福茂的老板原是诸暨人，他自幼学习做鞋，刻苦钻研，学就一手好手艺。因为在诸暨乡下生意不很好，想到杭州是省会所在地，商业兴盛，人口众多，就拣了个好日子，挑了一副皮匠担，渡过钱塘江，来到杭州。

那时候，清河坊一带商店林立，住宅毗连，他就在河坊街口摆了个鞋摊。这姓边的手脚勤快，做工精细，价格便宜。鞋摊虽小，却招来了不少顾客，生意远远超过一般的鞋店。过了几年，他积累了一些资本，就在清河坊租了店面，开起一家鞋店，取了个“边福茂”的店名。

由于边福茂的鞋子选料讲究，工艺不苟，所以经久耐穿。杭州人出外做官、经商的很多，他们人在外地，却往往写明尺码，托人到家乡来买边福茂的鞋子。传说清朝有位叫王文韶的大学士，家住杭州清吟巷，做官数十年，出外当总督，入朝做宰相，穿的都是边福茂的鞋子。

那一年，是光绪廿六年，八国联军攻破通州，向北京进军，皇宫里已经可以听到炮声了。慈禧太后吓得不得了，下懿旨召见百官，商量离宫西幸的事。但大大小小的官员逃命要紧，只到了王文韶、刚毅、赵舒翘三个人。王文韶当时任军机处大臣，等他到军机处取了印匣子再到宫里，慈禧太后已同光绪皇帝乘舆出德胜门向西逃走了。王文韶便和儿子一路去找轿子，准备赶上慈禧。但在这人心惶惶的辰光，哪里还有轿子？王文韶父子俩只好步行追了上去。一路上，道路崎岖，很不好走，足足追了三天，到了怀来县，总算追上了慈禧和光绪。王文韶已是七十岁的人了，他的两只脚都走肿了，幸亏穿的是边福茂的鞋子，鞋底是用新布垫的，不破边，不穿孔，脚也没有扎破。后来，王文韶就把这双细布鞋保存起来，作为“西行追驾”的纪念品。

自从王文韶穿了边福茂的鞋子步行追驾的事情传开，边福茂的生意也就越来越兴旺了。而“头顶天，脚踏边”这句话，也就成为杭州人的口头禅。

讲述者：陈觉民　记录整理者：宋光甫

杭州尖口鞋帮

杭州有爿百年老店——边福茂鞋庄，素享盛名。这里生产的尖口鞋帮，很受杭州人喜欢。说起这尖口鞋帮，还有这样一个故事。

边福茂鞋庄的创始人叫边春豪。洪秀全起义时，边春豪挑着一副皮匠担，带了妻子和四个孩子从诸暨逃难到杭州，在下城长庆街租了一间房子，摆了一个皮匠摊。小本生意，自做自卖，日子过得倒也安宁。眼看生意一天天好起来，但因本钱短缺，鞋面料都是布的，买主总嫌欠考究。有一次春豪老板偶然发现成衣店在卖缎子马褂，他灵机一动：哎！如果拿缎子做鞋面，岂不更漂亮吗？于是，他就买了几件缎子马褂，做起鞋面料。缎子鞋面做的鞋子，果然吸引了许多买主，生意的确不错。

有一次，春豪老板又买了几件缎子马褂回来，正在动手裁剪鞋帮时，突然有个人来找他。春豪老板一面客气地与他招呼，一面剪鞋帮。俗话说："一心无二用。"他应付完来人，一看剪的鞋帮，大吃一惊：原来剪时稍不留意，将圆口鞋剪成了剪刀式的尖口鞋。圆口变成了尖口，一则市面上吃不吃这种样子，二则蛮好一双鞋面料糟蹋了很可惜，春豪老板急得像热锅上的蚂蚁。后来他一想，做了再说。但是尖口鞋帮是很难滚口的，他和妻子精心设计，细心制作，鞋子做好已是子夜了。一看式样倒也很别致，第二天便放在鞋摊上试试，看有没有人要。谁知一上架就招来了不少买主。在那个时候，鞋子都通行圆口式，尖口鞋子倒是从未见过。买主好奇，穿在脚上一试，不但舒服合适，而且别致漂亮。边老板想想尖口鞋子蛮好，就多做几双。边春豪的尖口缎帮鞋子就这样一传十，十传百，名气越来越大。

搜集整理者：边瑾

王老娘木梳店的来历

王老娘早年丧夫，儿子还小，她家住在大井巷环翠楼旁，开了一爿小酒店，附带卖杨木制成的篦子、木梳，赚点小利，娘儿俩苦挨岁月。

一天，乾隆皇帝又上城隍山访古寻幽，探求名胜古迹，路走得远了一些，忽遭一场阵雨，急急跑到城隍庙避雨，但还是打湿了衣帽。待到雨止云散，匆匆下得山来，忽觉腹中饥饿，想找些零食充饥。正走间，忽闻一阵酒香，抬头一看，只见一个中年妇人坐在柜台边，柜台上摆着杨木篦子、木梳，乾隆便上前问道：“大嫂，附近有点心卖吗？”王老娘抬头见是个体面的客官，便立起身笑脸相迎：“客官请里面坐，小店里有五香茶叶蛋可以充饥，五香豆腐干、五香盐青豆可以下酒。我这里有正宗的绍兴花雕老酒，客官不妨喝几杯解解寒气。”乾隆听了，便走入店内。她见乾隆的外衣已被雨淋湿，又说：“请客官先将外衣脱下来，待我给你烫燥，免得渗透里衣受凉。”一席话说得乾隆皇帝眉开眼笑，随手把外衣脱下。谁知里面的衣服绣着蟠龙，等到乾隆醒悟过来，已经嫌迟了。王老娘是个机灵人，连忙拉下竹帘说：“客官，请先吃点酒、蛋，我马上给你烫干！”乾隆连说：“好好，大嫂难为你了。”王老娘利索地烫好了酒，装了四只火热的茶叶蛋、四块豆腐干、一小盆盐青豆，说声“客官请！”便自顾进内烫衣去了。

过了一歇，衣裳干了，乾隆皇帝酒也吃好了，还吃了两只茶叶蛋，他就付了钱，谢了王老娘，回到王永泉的客栈里。王永泉早已做好中饭，左等右等不见乾隆回来，正在惦记着。他见乾隆面有酒色，便低声询问：“万岁爷，哪里吃的酒？”乾隆说了经过。王永泉笑道：“万岁爷，那个王老娘，是个可怜的寡妇，可为人善良，邻里都称道她。”乾隆听了，动了怜悯的念头，便对王永泉说：“你明天给我送一百两银子去，叫她不要卖酒了，今后专做黄杨木梳生意。问起我时，只说京里做大官的，教她不要乱说瞎猜。”

从此，王老娘收起酒店，专营木梳、篦子生意，这就是苏杭闻名的王老娘木梳店的来历。

搜集整理者：章达庵

王老娘木梳
黄楊木梳
木梳

义源的故事

杭州有一家有名的钱庄，叫义源钱庄。

义源本是温州人，家里较富。由于他疏财好义，见了有苦难的人就慷慨资助，没几年就把家财全部散光，最后自己沦落为乞丐。义源无脸在本地讨饭，丢下妻儿，一人外出行乞，一路来到杭州。

一天，义源在码头上见许多人正在搬运货物，据说是钱源钱庄从上海运来的十八大箱银圆。到了傍晚，人已走空，码头上还剩下一只大箱子。义源看到后，脱下自己身上的破旧衣服往箱子上一盖，人坐在箱子上，一直坐到天亮。第二天天一亮，他急忙跑到钱源钱庄，告诉他们还有一只大箱子落在码头上。钱庄老板忙叫人清点十八箱银圆，果真少了一箱，急急地跟着他到码头，七手八脚把箱子抬回钱庄，打开箱子一看，一万块银洋钿一块也不少。老板高兴极了，随手抓了一把送给义源，表示酬谢。义源不要，他说：“我要贪财的话，早把箱子打开，要多少拿多少。”老板说：“那我怎么谢你呢？”义源说：“你信得过我，就留下我在你钱庄做点事，让我有个落脚点。”老板认为这样老实的人留在钱庄大可放心，就把义源留了下来。

钱源老板有位十八岁的女儿，脾气很怪很娇，很难伺候，下面人见她就头痛。她不仅吃穿方面难弄，婚姻问题也如此，父亲给她说了好几家，她都不中意，做父亲的伤透了脑筋。一天，仆人们在厨房里私下议论小姐，大家都怕给小姐送饭，义源自告奋勇给小姐送饭去了。小姐见了义源，上下打量，问他是哪里人，来钱庄多少时间了，态度非常和气。义源见小姐的模样好，文文静静的，心里想，根本不像人们所议论的那样。

小姐爱上义源了。开始她父亲不答应，后来一想，义源为人老实，既然女儿愿意，答应算了。但义源的地位太低，门户不相配，怎么办？账房先生出了个主意，请老板提拔义源当钱庄的总管，然后把小姐许配给他。义源是个老实人，他告诉小姐家里有妻儿，小姐仍愿做二房。结婚后，夫妻俩商量决定也开个钱庄，钱源老板大力支持，不久义源钱庄开张了。由于经营得法，讲信誉，生意越来越兴隆。

古人说得好，不发意外之财，变成荣华富贵。义源钱庄就是这样发迹的。

讲述者：张珠全　记录整理者：姚月杭、陆秀

丝织奇葩都锦生

杭州织锦被誉为“天上云霞，地上鲜花”，是中国工艺品的一朵奇葩。杭州织锦的创始人都锦生是杭州西湖畔茅家埠人，他创办的都锦生丝织厂的旧址就在茅家埠。关于都锦生，流传着各种神奇的故事。

暮春三月，桃花盛开。有天傍晚，都锦生一家老小围坐在灯下赏景。灯下有什么风景可赏？事情得从都锦生学织锦说起。

都锦生从小就爱自然风景和科学技术，父亲叫他骑马习武、长大当将军，都锦生不听。他上学读书的时候，课余假日，常到湖畔钓鱼、山间打猎；或者邀亲约友，泛舟湖中，欣赏西湖景色。美丽的西子湖让他百游不厌，流连忘返。久而久之，他萌发一个念头，要是能把著名的“西湖十景”织成一幅幅丝织风景画，该多好啊！

都锦生在甲种工业学校读书时，勤学苦练，掌握了从设计到织造的全套丝织工艺。他想将丝织绸缎的原理用于织造风景。此事说说容易，做起来却难，从意匠图到轧花版，都与织绸缎完全不同。都锦生经过半年多的苦心钻研和三百多次的试验，终于用八枚绸缎关子，在意匠图的小方格里用不同类型来表达风景的层次、远近、阴面、阳面，找到了丝织风景的门径。

这天，都锦生合家灯下赏景，观赏第一幅试制成功的《九溪十八涧》丝织风景画。欢声笑语中，都锦生的母亲说：“我们锦生有出息。”他妹妹称赞：“美绝！美绝！”都锦生心里比吃蜜糖还甜。

自第一幅《九溪十八涧》丝织风景试织成功后，他信心百倍，连夜苦战，又接连成功五幅。他认定“丝织风景”是丝织工业中的一种独创，大有发展前途，因此积极筹划资金，购置织机，准备场地，决心开设工厂。都锦生自己没有钱，他找到父亲，说：“我要创建丝织风景工厂，资金缺乏，能不能借我五百元？”父亲默默不语，不肯答应。都锦生没法，只好跑到叔父家里借了五百元，购置了一台手拉织机。又在母亲的帮助下征得父亲同意，在茅家埠老家腾出一间房子，还请来一个拉机师傅。

那年五月十五日，锣鼓喧天，鞭炮齐鸣，都锦生家里热闹非凡。左邻右舍引颈探望，还以为他家的二姑娘出嫁了。其实，是都锦生拣了个黄道吉日，第一次正式亮出招牌。衣冠整齐的都锦生，在爆竹声声、红烛高照的祭祖礼毕后，亲手挂上“都锦生丝织厂”这块招牌。这天，他还亲手织了几梭，以示有个吉祥的开端。

一张张色彩艳丽、制作精巧的丝织风景画织出来后，销路在哪里？当时的茅家埠是上天竺、灵隐烧香必经的船埠，那时还没有灵隐路，各地香客都在湖滨或苏堤、岳庙前下船，穿里西湖经卧龙桥，到茅家埠上岸。埠上商旅云集，人称“小上海”。都锦生丝织厂就设在茅家埠的船埠头附近。都锦生同他娘子商量，利用有利地形，把醒目的丝织风景挂在竹竿上展览，招揽香客们观看欣赏。香客们果然赞声不绝，争相选购，作为纪念品。

娘子卖画，销路打开，机台增加，产品质量也逐渐提高，他们又在西湖边的中山公园设了一个销售亭子。不久，便走出杭州，在上海、南京、武汉、北京、广州……打开市场。

都锦生是个实业家，他善经营，精打细算。他也是一个革新家，不满足于只有黑白两色的风景丝织，试图将中国名画织进彩色画面。经过精心设计，都锦生丝织厂织出了一幅五彩国画——唐伯虎的《宫妃夜游图》。图中人物神态各异，栩栩如生。那年正好在美国费城举行国际博览会，都锦生把《宫妃夜游图》等丝织五彩国画送去展出，结果获得金质奖章。国际友人把《宫妃夜游图》等国画丝织品誉为中国工艺品的一朵奇葩。

后来，都锦生同他娘子剑虹商量，想去南洋考察，一来了解国外行情，二来学习外国先进技术。剑虹满口答允，并给他做了一套崭新的衣服。都锦生带了一大包“丝织风景”和“丝织国画”，从上海乘轮船，漂洋过海，到了南洋菲律宾。菲律宾的商务大臣邀他商谈丝织业务，他向那位大臣了解菲律宾的丝织工艺品状况。都锦生到菲律宾的消息被王后知道了，她要国王接见都锦生。在皇宫里，国王与皇后接见了都锦生。都锦生把带去的丝织风景《平湖秋月》《三潭印月》《柳浪闻莺》，五彩国画《宫妃夜游图》《蜻蜓荷叶》，丝织肖像《孙中山先生》和《罗斯福》一一展现在国王和王后的面前。国王和王后见了赞叹不止。

随后，都锦生又东渡日本取经，发现日本女郎人人都撑太阳伞，极为风行。他来了灵感，从日本购得一批钢骨阳伞。回国后，他就以法国电机织的乔其纱为伞面制作钢骨阳伞试销。这批伞售价偏高，可只能遮太阳，雨天不能用，故而销路不好。但他不灰心，想方设法多次改进，就地取材，用浙江淡竹筒劈成三十二根细条作为伞骨，装上丝织面，价廉物美，造型美观，色彩艳丽，晴雨两用。名扬天下的“西湖绸伞”诞生了。外国朋友称赞这种“西湖绸伞”像一朵朵盛开的鲜花。

那一年，日军侵占杭州，都锦生突然不见了。亲朋好友找不到他，丝织厂的工人也见不到他。都锦生到哪里去了呢？有人说他在天竺修道做和尚。

一个现代的企业家怎么会突然信起佛来了呢？事情原来是这样的：自打日军侵华，中国的民族工商业受到了严重的摧残，都锦生十分不满。日军侵占杭州后，伪政府要他出来任职，都锦生坚决不干。他说：“宁可头落地，也不做汉奸。”因此，日军要抓他。有次日军到茅家埠来，不见都锦生，就要抓他家里人。剑虹跳窗出逃，跌伤了腿。日军抓不到都锦生，就把他在艮山门的一个新厂放火烧掉了。其实，都锦生在天竺“修道”是假，为了抗日是真。

杭州解放后，丝织业天地宽了，工厂发展很快。有次一位外国总理来中国，周总理陪同来到杭州，参观都锦生丝织厂。外国总理一进厂门，就见到了自己的丝织画像，感到十分惊奇。后来回国时，周总理把这张丝织画像送给了他，他十分感动，竖起大拇指赞扬说：“中国，真了不起！”原来，这位外国总理在北京机场下飞机时，记者给他照了相，立即送到都锦生丝织厂。厂里的职工连夜奋战，从画意匠、轧花版到机织，三天三夜就赶制出来了。

搜集整理者：杨光

参考书目

1. 杭州市文化局编 . 西湖民间故事增订本 [M]. 杭州：浙江人民出版社，1979.
2. 翁洋洋主编 . 苏杭传统食品故事趣闻选 [M]. 北京：中国食品出版社 ,1986.
3. 杭州市民间文艺家协会编 . 三江两湖传说集 [M]. 杭州：浙江人民出版社，1988.
4. 董校昌主编 . 浙江省民间文学集成：杭州市故事卷（全二册）[M]. 北京：中国民间文艺出版社，1989.
5. 西湖区民间文学集成办公室 . 中国民间文学集成：浙江省杭州市西湖区故事歌谣谚语卷 [M]. 杭州：浙江省民间文学办公，1989.
6. 拱墅区民间文学集成办公室 . 中国民间文学集成：浙江省杭州市拱墅区故事歌谣谚语卷 [M]. 杭州：浙江省民间文学办公，1989.
7. 上城区民间文学集成办公室 . 中国民间文学集成：浙江省杭州市上城区故事歌谣谚语卷 [M]. 杭州：浙江省民间文学办公室，1989.
8. 江干区民间文学集成办公室 . 中国民间文学集成：浙江省杭州市江干区故事歌谣谚语卷 [M]. 杭州：浙江省民间文学办公室，1990.
9. 下城区民间文学集成办公室 . 中国民间文学集成：浙江省杭州市下城区故事歌谣谚语卷 [M]. 杭州：浙江省民间文学办公室，1992.
10. 崔学云主编 . 京杭运河之光 [M]. 南京：南京大学出版社，1993.
11. 董校昌主编 . 苏东坡在杭州的传说 [M]. 天津：百花文艺出版社，1994.
12. 董萃斌选编 . 神话西湖 [M]. 杭州：杭州出版社，2000.
13. 莫高编著 . 西湖趣话 [M]. 杭州：浙江摄影出版社 ,2002.
14. 莫高编写 . 西湖夜谭 [M]. 杭州：浙江摄影出版社 ,2003.
15. 徐永华编著 . 杭州古今传说 [M]. 太原：北岳文艺出版社，2006.
16. 陈述、陈一辉主编 . 走近大运河——传说故事卷 [M]. 杭州：杭州出版社，2006.
17. 王国平总主编 . 西溪的传说 [M]. 杭州：杭州出版社 ,2007.
18. 徐清祥著 . 苏东坡雅事 [M]. 呼和浩特：内蒙古人民出版社，2010.
19. 应志良主编 . 之江传说 [M]. 杭州：浙江人民出版社，2010.
20. 姚兴文著 . 苏东坡督开运盐河 [M]. 北京：大众文艺出版社，2010.
21. 吴云主编 . 口耳遗文 [M]. 杭州：西泠印社出版社，2007.
22. 郑长雨、龚玉和编著 . 西溪民间故事 [M]. 杭州：杭州出版社，2012.
23. 王云良整理 . 钱塘江传说 [M]. 杭州：浙江文艺出版社，2013.
24. 西湖文旅集团、铜鉴湖文化研究会、铜鉴湖生态修复工程办公室编 . 铜鉴湖民间故事 [M]. 杭州：杭州出版社 ,2022.

图书在版编目（CIP）数据

“西湖传说”故事集成. 物产卷 / 杭州图书馆编. 杭州 : 西泠印社出版社, 2024. 11. --（“襟江书舍”系列丛书）. -- ISBN 978-7-5508-4671-5

Ⅰ. I277.3

中国国家版本馆CIP数据核字第2024TE5276号

“襟江书舍”系列丛书

“西湖传说”故事集成·物产卷

杭州图书馆 编

责任编辑 李寒晴
责任出版 杨飞凤
责任校对 应俏婷
插画绘制 寿潇雅
装帧设计 裘一云
出版发行 西泠印社出版社
（杭州市西湖文化广场32号5楼　邮政编码 310014）
经　　销 全国新华书店
制　　版 杭州如一图文制作有限公司
印　　刷 杭州罗氏印刷有限公司
开　　本 710mm × 1000mm　1/16
印　　张 12.75
字　　数 223千字
印　　数 0001—1000
版　　次 2024年11月第1版　第1次印刷
书　　号 ISBN 978-7-5508-4671-5
定　　价 188.00元

西泠印社出版社发行部联系方式：（0571）87243079